Leben im Hier und Jetzt

## Widmung

*Für Nene, eine inspirierende Persönlichkeit mit Herz und Seele, eine großartige Mutter, Tochter, Großmutter, Nachbarin, Freundin ... Sie als Familienmitglied zu haben – wie kostbar dies war, kann ich gar nicht in Worte fassen. Die Großzügigkeit, das Verständnis, die Unterstützung und die Liebe, die sie gab, muss man gefühlt haben. Danke für die Erziehung, die ich genossen habe, und danke für das Wichtigste: Du hast mich gelehrt, frei zu denken. Nicht Goethe, Steiner, die Bibel, der Koran oder die Thora haben das geschafft, sondern du, eine einfache Großmutter – meine Nene.*

LEJLA BECK

# Leben im Hier und Jetzt

**Bibliografische Information der Deutschen Nationalbibliothek:**
Die Deutsche Nationalbibliothek verzeichnet diese Publikation
in der Deutschen Nationalbibliografie; detaillierte bibliografische
Daten sind im Internet über http://dnb.dnb.de abrufbar.

Satz, Umschlaggestaltung, Herstellung und Verlag:
BoD – Books on Demand

ISBN: 978-3-7460-0324-5

# Inhalt

# Vorwort

Meine liebevolle Oma hat mich dazu inspiriert, dieses Buch zu schreiben. Ihre logische und freie Denkweise, wie sie Hindernisse mit Leichtigkeit überwand, wie angstfrei sie durchs Leben ging, ihr Durchsetzungsvermögen, ihr Anderssein. Ihre altmodische Erziehung und ihre Lebenserfahrung, geprägt von zwei Kriegen, von Hunger, Tod und Folter durch physische und psychische Gewalt. In ihrem Schicksal gab es viel Grausames. Das macht sie für mich zu einer Frau, die nicht mit 83 Jahren gestorben ist, sondern zu einer Legende mit einer Lebenserfahrung von gefühlten 830 Jahren, die nun ermüdet ist und für die nun die Zeit gekommen ist, sich zu erholen.

Sie war eine charakterstarke Persönlichkeit, die in jedem Menschen nur das Gute sah. Sie war frei von Vorurteilen und Massendenken und hatte die Gabe, jedem zu helfen. Im Andenken an sie schreibe ich ihre lebensfrohe und menschliche Botschaft auf. Für alle Menschen, die voller Liebe und Verständnis sind, frei von Gruppendenken, respektvoll. Mit der Erkenntnis, dass alle Menschen gleich sind vor Gott und dem Gesetz und dass keiner das Recht hat, seine Mitmenschen würdelos zu behandeln. Denn jeder von uns, egal auf welchem Kontinent er lebt oder welchen Titel er trägt oder welches Geschlecht er hat und liebt, hat das Recht, geliebt zu werden und frei zu leben.

Denke niemals, dass du etwas Besseres oder Schlechteres bist als der Andere. Du wirst erkennen, warum wir so sind, wie wir sind. Und dass wir das, was wir in uns tragen, auch in anderen finden können – egal, wie unterschiedlich wir sind.

# Nene

Nene wurde im Jahr 1934 geboren. Ihre Familie war eine sehr wohlhabende Familie mit vielen Kindern. Sie war eines der mittleren Kinder. Schon als Kind war ihr klar, dass sie auf der Welt war, um anderen zu dienen. Ihre Mutter gab sie als kleines Mädchen zu ihrer Mutter, damit sie die Oma unterstützen konnte. Ihre Geschwister gingen in die Schule und lernten fleißig. Die Geschwister wurden, was von ihnen gefordert wurde, um die Tradition weiterleben zu lassen: erfolgreiche Ärzte, Akademiker. Nena war eine einfache junge Frau und lebte weiterhin ein bescheidenes Leben. Sie half, wo sie helfen konnte, nicht nur den Familienmitgliedern, sondern auch bedürftigen Nachbarn.

Ihre große Liebe hat sie nicht heiraten dürfen, da er nicht in die Familie passte. Sie gab nach, gab ihre Vorstellungen von Liebe auf und heiratete meinen Opa, der viele Jahre älter war als Nene. Einen passenden Ehemann mit Doktortitel sollte sie haben, so entschied es die Familie. Er war Arzt, er passte in die Familie. Alles wurde für sie geregelt.

Doch Nene und Opa waren sehr unterschiedlich. Sie hatten nichts Gemeinsames. Wie sollten sie auch – ein Arzt und eine Analphabetin? Nur ihre acht Kinder und die Vorstellung, dass alle Menschen gleich sind, verband sie.

Ich habe in meinen Leben viele verschiedene und viele interessante Menschen kennengelernt, aus allen Schichten und Fachrichtungen. Putzfrauen, Manager, Köche, Ärzte, Anthroposophen, Künstler, Musiker, Gläubige, Ungläubige, Extremisten, Atheisten und viele mehr ... Vom einfachen bis zum komplizierten Menschen. Aber keiner hat mich so fasziniert und geprägt wie meine Oma.

Obwohl sie nie einen Tag in der Schule war und niemals ein

Buch gelesen hat, war sie der interessanteste, intelligenteste, verständnisvollste, mitfühlendste, liebevollste Mensch, den ich je gekannt habe, und mein größtes Vorbild. Sie war eine gute Seele und hatte Verständnis für jeden Menschen. Jedes Problem löste sie mit Leichtigkeit und gesundem Menschenverstand. Meine Oma war so ein lieber Mensch, dabei hat sie es in ihrem Leben nie leicht gehabt hat. Doch trotz ihren vielen Schicksalsschlägen hat sie nie den Glauben an Gott und an das Gute im Menschen verloren.

Ich habe mir zur Aufgabe gemacht, alles, was mir meine liebe Nena (so nannte ich sie) mit auf meinen Lebensweg gegeben hat, mitzuteilen. Die Erkenntnis, dass kein Mensch von Grund aus böse oder schlecht ist, sondern dass man für alle, wirklich alle Menschen Verständnis haben soll. Denn hinter jedem Menschen steckt eine Geschichte, ein Schicksal, manche sind schön, andere noch schöner, manche aber sind schlimm, andere noch schlimmer. Alle Erlebnisse prägen sich ein.

Nur ein Mensch ohne Vorurteile ist in der Lage, die Menschen so wahrzunehmen, wie sie sind und sie auch so zu akzeptieren ... Das war ihr Lebensmotto!

Das Leben, das sie gelebt hat, war niemals einfach und leicht, aber das sah man ihr nicht an. Ihr Haus war immer voller Menschen. Menschen verschiedener Religionen und Altersklassen. Jeder war willkommen. Egal, ob er essen wollte oder einen Ratschlag brauchte oder vorbeikam, um sich etwas auszuleihen oder einfach um mit Nene Zeit zu verbringen – ihr Herz war für alle offen.

Oma und Opa liebten die Menschheit, das wusste jeder, und dafür wurden sie auch respektiert. Jahrelang dachte ich, meine Oma sei eine hochgeschulte Person, bis sie mir eines Tages mit ihren blauen, wissenden Augen erklärte, dass sie nur ihre Unterschrift schreiben könne. Mehr brauche sie ja auch nicht, da sie niemandem einen Brief schreiben müsse.

Zählen konnte sie, und sie wusste alle Preise im Laden auswendig. Keiner konnte sie über den Tisch ziehen. Sie kochte das Mittagessen für viele Personen mit Bioprodukten aus dem eigenen Garten; sie verschenkte diese auch gerne. Sie experimentierte mit allem. Sie zog ihre eigenen Gemüsesorten, hatte eigene Eier und produzierte eigenes Fleisch. Sie war fleißig – eine vom Kriege gezeichnete Frau mit altmodischer häuslicher Erziehung. Sie wusste: Wer sich einen guten Vorrat anlegt, wird nicht hungern müssen. Nene hatte alle Sorten von Marmeladen, Obst und Gemüse in allen möglichen Variationen und Kombinationen in Gläsern konserviert. Säfte aus der Natur, etwa aus Holunderblüten oder Rosen ... Alles, was die Natur zu bieten hat, nahm meine Nene dankbar an.

Sie kannte auch alle Techniken, um Lebensmittel haltbar zu machen. Sie hatte Milch, geräuchertes Fleisch und geräucherten Fisch. Käse bereitete sie auf verschiedene Arten zu. Trotz der vielen Beschäftigungen in und mit der Natur hatte sie noch viel Zeit für die Familie, ihre Freunde und das, was ihr das Wichtigste war im Leben: den Bedürftigen zu helfen.

Wir wurden so erzogen, dass wir alles erreichen können, wenn wir es nur wollen. Oma war gläubig und eine echte Muslimin. Der Opa war Atheist (ein ungleiches Paar). Wir durften uns selbst finden und glauben, was wir wollten – oder auch nichts glauben. Ich habe mich entschieden, an das Gute im Menschen zu glauben.

Als ich klein war, hatte ich viele Fragen an Gott und die Welt. Oma war die Person, die alle Antworten wusste. Ich diskutierte öfters mit Nene über ihren Glauben und fand, dass es nicht richtig sei, so, wie sie ihn ausübte. Sie pilgerte nicht nach Mekka wie jede gute gläubige Muslimin. Ihre Begründung war, dass es nicht richtig wäre, so etwas zu tun, denn es gebe so viel bedürftige Familienmitglieder und Nachbarn. Sie könnte sich nicht mehr im Spiegel anschauen, wenn sie verreisen würde, während ihre Liebsten hungerten. Nein, das gehöre sich nicht.

Sie sagte, dass Allah/Gott uns ein Gehirn und ein Herz, die

Vernunft und das Gewissen gegeben hat, um die richtige Entscheidung für sich selbst treffen zu können. Sie sagte, dass ein Mensch nur ein guter Mensch sein kann, wenn er seinen Nächsten liebt.

Wie Nietzsche sagt: Wenn man etwas hat, für das es sich zu leben lohnt, kann er alles ertragen. Und das tat sie. Sie befolgte die Regel, die aus ihrem Herzen kam, und das war bewundernswert.

Jeder Krieg verlangt Opfer, und Nene verlor nicht nur ihre Kinder, ihre Familie und Freunde im Krieg, sie verlor alles ... Aber sie blieb standhaft ...

Ich habe es erst später verstanden. Sie hasste niemanden. Nicht einmal die Menschen, die ihr alles weggenommen hatten. Nicht einmal den Gott, der das zugelassen hatte.

»Warum verzweifeln?«, sagte sie, »Gott trifft keine Schuld, denn Menschen führen Kriege. Menschen töten Menschen. Wer denkt, dass er das Recht hat, den Gegner zu hassen, der irrt sich. Menschen sind manipulierbar. Viele tun etwas, das sie sich selbst nicht erklären können. Wenn sie falsch erzogen wurden, mit Hass, und wenn sie das ganze Leben lang hörten, dass die Muslime oder die Juden oder die Christen usw. nicht gut sind, ohne zu fragen warum, dann sind das nicht Entscheidungen, die sie selbst getroffen haben, sondern sie entscheiden aus dem HASS heraus, den sie in sich tragen. Hass tut keiner Seele gut, er macht sie kaputt.«

Nene sagte immer: »Wenn du wissen willst, wie die Menschen denken, dann schaue dir die Politiker an. Denn die Mehrheit der Menschen hat sie ja gewählt! Man weiß nicht, ob die Menschen aus Trotz, Hilflosigkeit oder aus einem anderen Grund so entschieden haben. Manchmal bereuen sie es hinterher, aber das ist nicht schlecht, denn nur aus Fehlern kann man lernen. Nicht nur die Schauspieler sind gut im Schauspielern, viele Politiker sind noch bessere Schauspieler. Viele sollten eine Medaille dafür bekommen.«

Ja, meine Nene sprach eine eigene coole Sprache. Sie war alt, aber durch ihre eigene einfache, logische Denkweise kam es mir manchmal vor, als wäre sie gerade von einer Veranstaltung gekommen, auf der sie genau die Thematik vermittelt bekommen hatte, über das gerade gesprochen wurde.

Sie konnte detaillierte Auskunft geben über Pilzsorten, Obst, Gemüse. Sie wusste, welche Pflanzen gegen welche Krankheit gut sind. Sie konnte kochen und backen. Sie erledigte alles, was im Haushalt zu tun war, und war eine gute Hausfrau. Sie konnte mitreden, wenn es um Politik, Menschenrechte, Länder und Kultur ging. Nene war für uns das lebendige Lexikon. Sie hatte für alles eine Lösung. Selbst Lebensweisheiten von Goethe oder Nietzsche zitierte sie, sie wusste Bescheid über Steiner, kannte Bibelzitate und Koranverse; über alles konnte sie mitreden.

Meine liebe Nene strahlte eine positive Energie aus, egal in welcher Situation sie war. Sie vermittelte Verständnis für Menschen, Gottgläubigkeit, Liebe und Geborgenheit. All das, was jeder in sich tragen sollte.

Woher sie das alles wusste? Das weiß ich immer noch nicht. Vom Zuhören vielleicht ...? Auf meine Frage, woher sie ihre Wissen hatte, sagte sie immer nur: »Das weiß man halt, durch Lebenserfahrung und Kommunizieren kann man sich vieles beibringen, ohne lesen zu können.«

Wir müssen anfangen, an uns zu glauben, uns mehr zuzutrauen, viel mehr die eigene Meinung zu äußern, ein besserer Mensch zu werden. Jeder von uns trägt Liebe in sich.

Ich habe so viel über meine Nene zu schreiben, aber ich halte mich zurück. Meine Worte sollen euch nur erinnern, dass wir gemeinsam viel erreichen können. Sie sollen unser Mitgefühl mit unseren Mitmenschen stärken.

# Lüge oder Wahrheit

*Werden wir wirklich manipuliert?*

Wir werden von den Medien so manipuliert, dass wir kaum sehen können, was eine Lüge und was Wahrheit ist. Das beste Beispiel sind die Eheschließungen in Hollywood, die meistens arrangiert sind, und auf welche wir neidisch sind. Aber auf was eigentlich genau? Auf ein nur scheinbar perfektes Paar?

Kein Wunder, dass viele dieser Personen Drogen nehmen und Alkohol trinken, um den ganzen Hype und alles ertragen zu können. Das sind ja auch nur Menschen. Stell dir einmal vor, jahrelang mit einem Menschen zusammen zu leben und Kinder zu haben, eine heile Welt vorzuspielen, egal wie gut der Partner aussieht und wie sexy er ist, aber du liebst ihn nicht. Das ist alles nur ein Geschäft, und dein Leben – wo bleibt es? Alles zu haben und sich alles leisten zu können, aber keine Liebe zu erfahren ...? Denk mal drüber nach!

Jetzt wirst du vielleicht sagen: Besser reich sein und unglücklich, als arm und glücklich. Das ist nur das, was du empfindest, da du das Gefühl nicht kennst, in einem Bett zu liegen voller Verzweiflung, Lieblosigkeit und Kälte. Es geht nur um uns und unser Leben.

Reichtum ist nicht das, was zufrieden, glücklich und entspannt macht. Besser, man ergreift einen technischen Beruf, ist im Einzelhandel, in Seniorenheimen, in der Gastronomie, in handwerklichen, kreativen Berufen usw. tätig. Wir sollten in der Wirklichkeit leben. Die lebensrettende Feuerwehr, die mutige Polizei, der unbestechliche Richter, das nette Krankenhauspersonal, die einfühlsamen Lehrer und Erzieher ... Es gibt viele schöne Berufe.

Danke, dass es euch gibt! Ihr macht unser Leben lebenswerter, denn ihr erleichtert unser Leben jeden Tag aufs Neue.

Es gibt Personen und Reporter, die sich in lebensgefährliche Situationen bringen, um die Wahrheit zu berichten. Auch diesen gebührt unser Respekt. Schau einmal richtig hin und hör richtig zu. Sie haben uns etwas zu sagen. Bleib offen für Belehrungen und interessante Vorschläge, wie man glücklich sein kann.

Und nun ein Wort zu denen, die gleicher Meinung sind wie ich, die sich genau wie ich fühlen: nicht wie ein Ausländer, aber auch nicht richtig der deutschen Gesellschaft zugehörig. Wir sind die, die von beiden Seiten ein wenig haben. Die Erziehung und viele Vorstellungen von unseren Herkunftsländern, aber trotzdem eine deutsche Sichtweise ... Das ist eine super tolle Kombination. Diese Menschen haben sich selbst gefunden und gehen eigene Wege. Sie machen mich sehr glücklich. Ich freue mich auf ihre Nachkommen, das werden super Mischlingskinder, Weltkinder, Kinder ohne Vorurteile. Kinder, die Liebe von zwei Seiten bekommen, und denen die ganze Welt offensteht.

Und dann gibt es die Personen, die keinen Job mehr finden, da es nicht für mehr reicht als bis genau da, wo sie jetzt sind. Kein Interesse mehr, keine Vitalität, keinen Impuls, keinen Charme! Aber ihr behandelt sie mit Vorurteilen und lacht über sie, wenn ihr seht, dass sie wieder einmal in einer Entzugsklinik waren und wieder einmal gescheitert sind. Aber macht es uns glücklich, wenn es den Reichen und Erfolgreichen auch nicht so gut geht ...? Uns geht es sehr mies, mieser als denen, denn wir sind die armen Unglücklichen, mit kranken Kindern, mit verschiedenen Problemen, ja wir sind die, die nur Stress haben, nicht die anderen – denen geht es besser als uns ... Aber ist das wirklich so? Oder sehen wir uns einfach gerne in der Opferrolle? Tatsächlich können wir unser Leben selbst bestimmen. Wir können selbst bestimmen, wie wir leben wollen. Vergiss nicht, dass wir Menschen sind und Fehler machen müssen, um besser zu werden. Denn aus Fehlern lernt man am besten.

Kommen wir zur Modeindustrie und den Models. Ja, die sind so super und so begehrt, jeder will sie haben. Sie haben Geld und können sich alles erlauben. Trotzdem träumen sie auch einfache Träume wie wir. Von Liebe, Glück, von einer Familiengründung, von einer besseren Zukunft. Haben wir uns darüber schon einmal Gedanken gemacht?

Dass die Models hungern und Drogen nehmen, um den Tag zu überstehen, das sehen wir nicht. Auch nicht, wie sie kämpfen, gegen Bulimie und Magersucht. Sie sehen nicht, dass sie sich selbst zerstören ... Wir reden uns mit dem Spruch des Jahres heraus: Sie sind selbst schuld, es hat sie ja keiner gezwungen. Dass sie Druck spüren und viele verschiedene Knebel-Verträge haben, dass hinter den Kulissen falsche Berater am Werk sind – alles, was wir selbst nicht brauchen, um ruhiger schlafen zu können.

Wir haben das Recht auf ein würdevolles menschliches Leben. Wir müssen keine Gardine zumachen, da wir nicht gestalkt werden. Wir haben das Privileg der Privatsphäre.

Wir brauchen richtige Idole für die Zukunft unserer lieben unschuldigen Kinder. Es gibt natürlich auch Models, die sich ernähren, wie sie wollen und nicht, wie sie es gesagt bekommen. Sie sind individuell und leben ihr Leben trotz des Risikos, dass ihnen der Job gekündigt werden könnte. Sie machen es richtig, und ich bewundere den Mut dieser Personen. Sie haben versucht zu leben, wie sie es gesagt bekommen haben. Aber sie haben gemerkt, dass das nicht die Werte sind, die man braucht, um im Leben Zufriedenheit zu haben. Es wäre schade, wenn wir alle gleich aussehen würden! Wenn alle Menschen auf der Welt in Kleidern der Größe zweiunddreißig herumlaufen würden ...

Reden wir über Musik! Viele Texte mancher Musikgruppen sind kriminell und Ghetto-Lieder. In den Texten wird zum Töten aufgerufen, und vielen Jugendlichen wird suggeriert, dass es gut ist zu hassen, zu vergewaltigen und dass sie sich nicht in der Opferrolle sehen dürfen. Auch wird propagiert, grundlos auf jeden zu schießen, der einem nicht passt.

Was für ein blödsinniges Gerede! Und das lässt ihr eure unschuldigen Kinder, Teenager hören? Sind diese Texte nicht zu aggressiv? Das hinterlässt auch Spuren in den kleinen Gehirnen, oder nicht?

Habt ihr darüber schon einmal nachgedacht? Wisst ihr überhaupt, was eure Kinder für Musik hören? Was ins Ohr geht, beeinflusst doch mehr als die Politik, die Religion und die Schule! Und dann fragen wir uns noch: Was ist los mit unseren Kindern? Warum sind sie so wütend, zickig, schlecht gelaunt und haben keine Lust, zur Schule zu gehen? Falsche Vorbilder! Darüber einmal nachgedacht ...?

Es gibt aber auch Musiker, die unseren Kindern etwas mit auf den Weg geben möchten, die sie wachrütteln und ihnen erklären, dass es gut ist, anders zu sein. Dass die wahren Werte des Menschen nicht Geld und Macht sind, sondern Familie, Freunde, Gesundheit – das ist es, was im Leben zählt. Diese Musiker spenden und helfen den Kindern, sich musikalisch zu bereichern und ihre Aggressionen durch Musik zu ersticken. Ist das nicht schön?

Ja, es gibt viele unterschiedliche Menschen in dieser Branche. Es gibt auch die, die erkannt haben, dass Geld alleine nicht glücklich macht, wenn du es nicht mit jemandem teilen kannst. Und diese Musiker sollen weitermachen, denn durch Musik kann man nicht alles, aber vieles verändern. Schmerzen, Liebeskummer, Kriege, RASSISMUS – all dies, was uns beschäftigt und worüber wir uns den Kopf zerbrechen.

Durch euch wird unser Leben einfacher, denn zusammen sind wir stärker. Wir wissen, durch eure Klänge wird es leichter.

Das neue Thema sind die Terroristen. Viele Menschen haben die Meinung: Alle Muslimen sind Terroristen. Ja, klar! Wenn wieder einmal ein Bombenanschlag stattfand, sind die Nachrichten voll davon. Frage: Sind diese Menschen psychisch wirklich bei Sinnen? So etwas macht doch kein normaler Mensch ... Dieser Mensch ist zufällig ein Muslim und dazu ein kranker Mensch.

Meine kluge Oma hat gesagt, dass im Koran steht: Wer einen Menschen tötet, tötet die ganze Menschheit.

Natürlich kannst du einen instabilen Menschen manipulieren, egal wie groß seine Intelligenz ist, denn er ist labil und besitzt keine eigene Meinung und keine Charakterstärke ...

Gehen wir in unser Gewissen hinein: Würdest du töten, wenn dein Führer sagt: »Tu es«? Es gibt auch Massenmanipulation. Manche Menschen fühlen sich sehr wohl in einer Massengesellschaft, denn in der Gruppe ist man stark und niemals allein ... Sie suchen sich ihre eigene Welt, da sie zu Hause vermutlich keine Geborgenheit finden. Erst in der Gruppe fühlen sie sich wirklich geliebt und gebraucht. Machen wir unsere Kinder zu dem, was sie sind?

Ja, wir sind diejenigen, die vieles falsch machen. Wir sind auch an dem Schuld, was aus unseren Kindern wird. Wir zwingen unsere Kinder zu studieren, bessere Jobs zu suchen als wir sie haben oder in das Familienunternehmen einzusteigen. Oder wir interessieren uns gar nicht, ob unserer Kinder überhaupt einen Beruf ergreifen möchten, da es schwer ist, eine Arbeit zu finden. Viele sitzen zu Hause und jammern vierundzwanzig Stunden lang. Denn es ist einfacher, sich vom Staat finanzieren zu lassen, als vom Sofa aufzustehen und die ungeliebte Arbeitsstelle anzunehmen, die auch nicht gut bezahlt ist.

Aber dann auf die Fremden schimpfen, die uns genau diese Jobs »wegnehmen«, die wir sowieso niemals annehmen würden ... Was stimmt nicht mit unserem Verstand? Wieso muss das so sein?

Ich verurteile uns nicht, denn wir machen das nur, weil wir es selbst nicht besser können. Wir sollten unseren Kindern Liebe, Geborgenheit, Unterstützung und Selbstbewusstsein geben, nicht Geld und eine falsche Erziehung. Kann ein Akademiker ein Kind haben, das Schweißer, Automechaniker, Tischler, Putzhilfe, Sozialarbeiter usw. wird und es trotz der Entscheidung des Kindes lieben und unterstützen? Ist es nicht egal, was mein Kind ist, wenn es nur glücklich und zufrieden ist?

Es gibt aber auch das andere: dass ein schwer arbeitender Mensch, der jahrelang am Band stand, seinem Kind wünscht, dass es ihm einmal besser geht im Leben und es deswegen zwingt, zu lernen und zu studieren. Ja, wir beeinflussen unsere Kinder, verderben sie, zwingen ihnen unseren Willen auf, und wir wissen nicht einmal, ob sie wirklich glücklicher sein werden, als sie es schon sind ...

Wir sind die Eltern und wollen nur das Beste für sie. Aber immer wieder geben wir unseren Kindern vor, was sie tun sollen. Wir beeinflussen unsere Kinder von klein auf. Wir sind diejenigen, die ihnen oft falsche Werte fürs Leben mit auf dem Weg geben. Wir vermitteln ihnen manchmal das falsche Bild vom perfekten Leben. Besserer Job, besserer Verdienst, das Leben mit viel Geld ist ein gutes Leben ...

Wir rauben ihnen die Kindheit, das Recht zum Spielen, auf Abenteuer, Fehler zu machen und sich selbst zu entdecken. Und dann, wenn die Kinder protestieren und zu dem werden, was wir nicht gutheißen, fragen wir uns: Warum passiert so etwas bei uns?

Wisst ihr überhaupt, was Glück ist? Kommt schon, es ist gar nicht so schwer, das alles zu begreifen ... Jeder von uns hat etwas beigetragen zur Gesellschaft, ob Gutes oder Schlechtes – Beitrag ist Beitrag.

Dann wundern wir uns, dass Sekten uns umgeben und sich Menschen in den Gruppen super fühlen. Ja klar, hier wird ihnen vorgetäuscht, dass sie das bekommen, was sie das ganze Leben lang angestrebt haben. Und später, wenn sie es kapiert haben, dass die Sekten nur ihr Geld wollen, dann ist es schon zu spät! Das Geld ist weg.

Da hättest du dein Geld besser an Arme gespendet. Dann wärst du jetzt ruhiger und entspannter, und dein Geld wäre gut aufgehoben. Es wäre nicht in irgendwelchen Sitzungen versickert, in Schulungen auf geistigen Ebenen und all dem, was die Sekte zu verkaufen hat. Bitte seid nicht dumm. Wollt ihr wirklich, dass das der Mittelpunkt eures Lebens ist? Hinterlasst euren Besitz nicht irgendwelchen Organisationen, so dass sie expandieren können und mit eurem Besitz reich werden. Ist es nicht besser, eine Familie glücklich zu machen und ihnen ein Haus zu hinterlassen? Das ist etwas Schönes, Ehrliches, Gutes. Es ist auch schön zu wissen, dass ihr eine gute Tat gemacht habt und bedürftigen Kindern eine gute Zukunft gesichert habt.

Stempeln wir unser Leben nicht als so armselig ab, es ist ein schönes Leben, nicht einfach, aber lebenswert! Finde etwas Gutes in dem, was du tust und wie du es lebst!

Ohne dich wäre ich ohne Haus, da ich kein Haus bauen kann. Ohne dich hätte ich kein fließendes Wasser, keinen Strom, kein Telefon, kein Auto, keine Schuhe, keine Kleidung, keinen Schrank, keinen Schmuck ... Ohne dich hätte ich nichts. Du hast es mir ermöglicht, das alles zu haben, da du die Dinge, die ich brauche, für mich mitgestaltest.

Verstehst du es jetzt? Viele leisten alles, um den anderen das Leben leichter zu machen. Und du bist nicht einmal stolz darauf. Schade, denn ich bin es sehr, und deswegen sage ich dir: Danke, dass es dich gibt!

Und die Postbotin darf ich nicht vergessen, die sich trotz Termindruck Zeit nimmt, mit mir ein paar Worte zu wechseln. Danke auch an meine Männer von der Müllabfuhr! Da ich ständig vergesse, die Mülleimer rauszustellen, sind sie so lieb und warten, bis ich hinausrenne. Sie haben es schon begriffen: Ich erinnere mich erst an den Müll, wenn ich den Müllwagen höre.

Und die Backwarenverkäuferin, die sich die Mühe macht, mich morgens mit ein paar neuen Witzen zu wecken, so dass ich gute Laune bekomme und meinen Tag mit einem lachenden Gesicht anfangen kann. Solche Leute sind meine Superhelden, sie bereichern mein Leben. Respekt euch allen gegenüber!

Ist es nicht so, wie ich es darstelle? Sollte ich vielleicht mehr Respekt haben vor den unehrlichen Menschen, die ein gutes Leben führen und das, was sie haben und besitzen, nicht ehrlich erwirtschaftet haben, sondern durch Betrügereien und Diebstahl? Ja, sie haben bessere Kleidung, sie haben Autos, Uhren, Häuser, Schmuck usw. Aber – das alles ist nichts wert, wenn man sich nicht im Spiegel anschauen kann und sagen kann: Das hast du alles ehrlich verdient. Egal, ob du den ganzen Tag irgendwo eine Toilette geschrubbt oder fremden Kinder das Lesen beigebracht hast, ob du jemanden im Seniorenheim den Hintern abgewischt oder eine Maschine bedient hast. Es spielt keine Rolle, wie du dein ehrliches Geld verdienst. Denn es ist dein schwer verdientes Geld, mit Fleiß und deinen eigenen Händen.

Verdient das keinen Respekt?!

Aus meiner Sicht: Oh doch!

Wenn wir nur unser Leben leben würden und nicht von anderen Leben träumen würden, wäre es viel leichter, einfacher, lebenswerter, und wir könnten wieder lernen, uns an den kleinen Dingen zu erfreuen. Spazieren gehen, Gesellschaftsspiele spielen, Sport machen, Tischtennis und Ballspiele spielen – all das kostet kein Geld, aber es macht glücklich.

Leute, bitte hört einmal auf, dauernd an das Geld zu denken. Es ist nicht das Wichtigste im Leben. Wir brauchen das Geld, um unseren Lieben alles zu bieten, was sie brauchen. Aber vergessen wir nie, auch Zeit mit ihnen zu verbringen, selbst wenn wir schwer arbeiten müssen. Das ist kein Widerspruch: Besser weniger Geld haben, aber mehr Zeit für die Kinder. Sie werden so schnell groß und erwachsen, es wäre schade, wenn man eines Tages zurückblickt und feststellt: Wegen der vielen Arbeit habe ich nicht mitbekommen, wie mein Kind laufen gelernt hat, oder wie viele Fußballspiele habe ich verpasst und mein Kind nicht unterstützt dabei.

Wir waren auch Kinder. Erinnert euch mal, was für uns wichtig war. Wurden wir falsch erzogen? Mussten wir nur dem Willen der Eltern gehorchen und etwas werden, was wir gar nicht wollten? Hat man uns falsche Vorstellungen vom Leben vermittelt? Wollen wir die gleichen Fehler machen? Wollen wir nicht etwas besser machen? Wollen wir nur Wochenendeltern sein, zweimal im Jahr in Urlaub gehen und Kindermädchen als Elternersatz haben? Wollen wir eine Familie sein, die wir gar nicht sind? Wollen wir Alkohol trinken, Drogen nehmen ... Ja, wir alle hatten verschiedene Kindheiten, und trotzdem haben wir alle nur das eine gebraucht: die LIEBE DER ELTERN ...

Wenn deine Kinder groß sind und selbst erwachsen, werden sie sich nicht daran erinnern, wie viele Schuhe sie besessen haben oder wie oft sie im Urlaub waren und wie teuer das alles war. Sie werden sich nur daran erinnern, wie viele Male du sie in den Arm genommen hast und ob du für dein Kind überhaupt da warst. Das Leben geht so schnell an uns vorbei.

Das ist nicht mein Leben, und das wünsche ich niemanden. Ich will mein Kind täglich sehen, mit ihm spielen, ihm erklären, wie das Leben ist und nicht mein Kind durchs Fernsehen erziehen lassen ... Mein Kleinkind muss kein Handy haben, es wird dadurch nicht glücklicher. Es braucht auch keine teure Garderobe, keine teuren Taschen und Schuhe, nichts von all diesem Zeug, das mein Kind mit der Zeit nur verdirbt.

Ihr werdet jetzt sagen: Na klar, aber die anderen haben auch alles, das kränkt mein Kind doch, wenn es weniger hat. Nein, sage ich, denn ihr unterschätzt die Kinder, sie sind viel stärker, als ihr denkt. Das sind kleine Persönlichkeiten, die sehr lernbereit sind. Wir müssen sie mit viel Liebe, Fürsorge und mit Einsicht begleiten. Und sie müssen wissen: Egal was sie machen, wir werden immer stolz auf sie sein und niemals aufhören, sie zu lieben.

Ihr versteht das immer noch nicht?!

Noch einmal: Wenn wir unseren Kindern von Geburt an keine falschen Vorbilder und falsche Vorstellungen vom Leben vermitteln und nur das Menschliche in den Vordergrund stellen, haben wir ihnen schon viel geholfen. Deswegen sollten wir nicht immer vor unseren Kindern herumheulen, wie schwer das Leben ohne Geld ist. Wir sollten nicht vor den Kindern über unsere Nachbarin tratschen, die seit Jahren zu Hause sitzt und keinen Job findet, weil sie Alkohol trinkt. Ja, so sind die Menschen, und wir erschrecken unsere Kinder, wenn wir so reden.

Hören wir auf damit, uns mit anderen zu vergleichen, egal, um was es geht. Wir sollten uns um unser eigenes Leben kümmern und darum, wie wir es genießen können. Wenn wir das schaffen, lernen auch unsere Kinder, positiv zu denken. Dann werden sie super Kinder, ohne Angst, ohne Scheu vor Fremden oder vor dem Neuen. Sie werden so selbstbewusst, dass man sie in den Arm nehmen und ihnen erklären kann, dass sie das jeweils neueste PC-Spiel oder jedes Jahr ein neues Handy und all das andere unnütze Zeug nicht brauchen. Es gibt ja auch noch die Familie, Freunde, Bücher, Sportvereine, Musikvereine usw. Es gibt so viele Möglichkeiten, wie sich unsere Kinder frei entfalten können.

Wenn sie dann erwachsen sind und selbstbewusster, kann man sie weniger manipulieren. Dann kann ihnen niemand vormachen, dass der Nachbar mit der schwarzen Haut weniger wert ist. Dann begreifen sie von selbst, dass der Tellerwäscher genauso ein liebenswerter Mensch ist wie der Doktor, den wir aufsuchen, wenn wir krank sind.

Die Gefahr abzugleiten und ein Extremist zu werden, egal auf welcher Ebene, ob in Bezug auf die Religion, den Sport, die Arbeit usw., ist dann sehr gering. Denn wer als Kind Selbstbewusstsein und Respekt vermittelt bekommen hat, ist eigenständig und weiß, was die menschlichen Werte sind und dass jeder Mensch so lebt, wie er lebt, weil er vielleicht auch jemanden mit ernähren muss. Er wird verstehen, dass auch ein Astronaut nichts Besseres ist als die Gärtnerin. Er erkennt, dass er, egal welchen Beruf er ergreift, nur glücklich wird, wenn er sein eigener Glücksmacher ist. Er wird erkennen, dass er in einer Gesellschaft lebt, die gar nicht so schlecht ist. Wir haben das Recht auf eine Krankenversicherung, sind eine soziale Gesellschaft, wir leben in einer Demokratie – das haben viele andere nicht.

Außerdem haben wir ein Grundgesetz, in dem verankert ist: Die Würde des Menschen ist unantastbar. Ist das nicht etwas sehr Wichtiges?!

Reden wir mal über die Waffenindustrie! Wie viel Gewinn macht sie? Wenn keine Kriege stattfinden würden, gäbe es diesen Gewinn nicht. Wie groß wären die Verluste der Waffenindustrie, wenn sich die Menschen nicht bekämpfen würden? Die Produktion würde gestoppt, und die Firmen müssten sich etwas einfallen lassen, um die frei werdenden Arbeitslosen zu beschäftigen.

Das ist ganz weit weg von unseren Vorstellungen. Wer da mitverdient und wer grundsätzlich die Strippen zieht – denkt einmal darüber nach!

Der Slogan dieser Firmen lautet: Wir verkaufen nicht an Terroristen und Diktaturen! Man fragt sich nur: An wen denn sonst? Gibt es gute Menschen, die Waffen brauchen? Man fragt sich immer wieder: Wie kommt es zum Krieg? Oder zum Streit unter Zivilpersonen? Hat jemand nachgeholfen? Jemand von außen, von innen, Fremde, Bekannte? Streiten sie wegen dem Glauben, um Territorium oder gibt es einen anderen, viel banaleren Grund?

Wer hat überhaupt das Recht, ein Richter zu sein und Entscheidung zu treffen, für wen die Waffen sind? Viele meinen: Ein paar Millionen Tote, das ist ja gar kein so großer Verlust, es gibt doch genug Menschen auf der Welt ... Das nehmen die Kriegstreiber ja auch in Kauf, das wisst ihr, oder nicht? In welchen Ländern ist der Schaden denn am größten? Genau in denen, die selbst keine Waffenfabrik haben! Die Opfer sind in den meisten Fällen Zivilisten; arme Menschen, die nur überleben wollen und jeden Tag hoffen, dass die Kriege aufhören.

Meistens hören wir, dass die Waffen nur hergestellt würden, um uns zu verteidigen, vor Angreifern zu schützen. Sie würden nur zur Unterstützung armer Menschen produziert, die sich vor irgendeinem Regime schützen müssten.

Stellen wir uns mal kurz vor, wir stellen keine Waffen mehr her, keine Hubschrauber, keine Kampfjets und keine sonstigen Waffen, nichts mehr von all dem, was Menschen töten kann. Und das Geld investieren wir in Krankenhäuser, Schulen, in Kanalisationen, in die Versorgung mit sauberem Trinkwasser. Eben in all das, was wir zum Leben brauchen ...

Hast du es dir gerade vorgestellt? Und weißt du, wie viele Fachkräfte wir dafür hätten in der ganzen weiten Welt. Wow, das wäre doch etwas Gutes, oder nicht? Dann wären wir alle gleich: die Europäer, Afrikaner, Amerikaner, Asiaten, Australier usw. Dann wäre keiner mehr der Weltmachtführer am Platz eins ... Hast du verstanden, um was es geht? Genau, es geht um DAS. Und das ist die Macht!

Es gäbe dann auch die Personen, die ihr Wissen weitergeben, die Erfahrungen und Techniken austauschen, die Schulungen durchführen. Aber es ginge nur darum, die Zivilisten zu retten und in Sicherheit zu bringen.

Dann müssen wir mal über unsere so wichtige und lebensrettende Pharmaindustrie sprechen. Die macht uns zuerst krank, dann heilt sie uns.

Wie viele Male war ich beim Arzt und bekam einen Zettel, das und das sollte ich kaufen. Leider gab es das nicht auf Rezept … Ist das nur mir so ergangen? Natürlich nicht.

Was ist mit den Empfehlungen der Ärzte? Grundsätzlich dürfen sie es nicht, aber das ist ein Witz. Die Wartezeiten von Fachärzten, wenn du nicht privat versichert bist, sind indiskutabel. Wieso sind wir nicht alle gleich? Die Privatpatienten werden bevorzugt, es geht wieder nur um das eine: Geld. Viele wollen nur operieren, denn das gibt fettes Geld. Es wird sowieso viel zu viel operiert. Wie meine Großmutter sagte: »Ein kranker Mensch hat nur einen Wunsch: endlich gesund zu werden. Er würde alles dafür tun, sogar Fäkalien essen.« Aber ein gesunder Mensch hat unzählige Wünsche …

Wir bekommen Tabletten für Kopfschmerzen, die aber machen den Magen kaputt. Um dann den Magen zu regulieren, brauchst du die nächste Pille. Die wiederum macht Sodbrennen und verursacht weitere Nebenwirkungen, und dann tut dir am Ende alles weh … Von A bis Z kriegst du alle Diagnosen, aber leider keine Heilung. Was wäre, wenn die Ärzte alle gesund machen könnten? Wenn wir geheilt wären – was wäre dann?

Wer geht zum Doktor, wenn er gesund ist? Genau, niemand.

Dass sie an uns verdienen, sehen wir nicht, oder wir wollen es nicht sehen. Das meiste Geld wird mit psychisch kranken Menschen gemacht. Sie können mit ihnen machen, was sie wollen. Eine blaue Tablette für gute Laune, die rote für den Ausgleich, die lila Tablette zur Bekämpfung der Nervosität, und die beste zum Schluss: Die kleine weiße Tablette nimmt man abends, um besser schlafen zu können. Und sie behaupten zu wissen, was sie tun. Ja klar, sie benebeln uns mit so vielen Medikamenten und experimentieren mit allerlei Nebenwirkungen.

Ja, wir sind alle psychisch gestört, manche mehr, manche

weniger. Viele wollen es nicht zugeben, aber glaubt mir: Wir sind alle ein wenig bekloppt, und das ist gut so, denn nur ein normaler Mensch kann verrückt werden.

Dann gibt es aber auch Ärzte, die wirklich das sind, was ein Arzt sein sollte, warum sie Ärzte geworden sind. Sie helfen allen Menschen, so gut sie können. Sie versuchen dir alles zu erklären und nehmen sich Zeit für dich, obwohl sie wenig Zeit haben. Sie geben dir nicht gleich Tabletten gegen das Unwohlsein, gegen Kopfweh oder Magen-Darm-Probleme. Sie hören dir aufmerksam zu und versuchen mit dir gemeinsam herauszufinden, was dir weh tut.

Es gibt auch Ärzte, die sich in Kriegsgebieten aufhalten, um Leben zu retten oder eine Hilfsorganisation zu unterstützen, die den Menschen in armen Ländern mit Wissen, Technologien, Operationen und Weiterbildungen weiterhelfen. Ihnen liegt etwas an den Menschen und an unserer Gesundheit. Das sollten die Vorbilder unserer Kinder sein. Das sind die wahren Helden ...

Sehen wir es nicht oder sind wir wirklich so verblendet, dass wir nicht sehen wollen, was mit uns geschieht? Vielleicht sollten wir manchmal selbst nachschauen, ob eine Pflanze, die auf der Wiese wächst, oder irgendwelche Kräuter uns heilen könnten von unseren kleinen Wehwehchen. Wir müssen nicht gleich zum Arzt rennen, wenn wir uns selbst heilen können. Wir sollten uns mehr dafür interessieren, wie wir uns mit Heilkräutern selbst helfen können. Das Internet ist voll von Heilrezepten. Das ist besser, als Online-Spiele zu spielen, versucht es mal.

Habt ihr schon andere Gedanken, einen anderen Blick auf das, was uns krankmacht und wie wir ständig manipuliert werden?!

Wir alle haben Markenprodukte, die wir lieben und gerne tragen. Es sieht so gut aus und fühlt sich so schön und geschmeidig an. Dass sie in den Entwicklungsländern produziert werden auf Kosten armer Menschen, deren Gesundheit darunter leidet, dass diese Leute zu moderner Sklaverei gezwungen werden, das ist zweitrangig. Wir sehen nur die Werbung und dass das Produkt durch viele Projekte und Sponsoren gefördert wird und den Anschein hat, gut zu sein. Es wird vermittelt, dass sie viel tun und spenden und dass ihnen etwas an der Menschheit liegt. Es geht doch einfach nur um Geld und Macht.

Uns geht es gut dabei. Wer will schon wissen, wie etwas hergestellt und in welcher Umgebung es produziert wurde ... Wir verschließen unsere Augen! Ist das unser Ernst? Wollen wir so weitermachen? Dann sind wir selbst auch nicht besser.

Es gibt natürlich auch Firmen, die wirklich gut sind, denen etwas an uns liegt, die weniger Reklame machen und viele Hilfsprojekte unterstützen. Die Menschlichkeit anmahnen und denen die Würde des Menschen wichtig ist. Sie zahlen korrekte Löhne und sorgen für sichere Arbeitsplätze. Solche Firmen verdienen auch Respekt.


Nene sagte immer: »Ein richtiger Arbeitgeber ist der, der seine Arbeiter motiviert und richtig entlohnt. Das lohnt sich auch für den Betrieb, es kommt etwas zurück.«

Ein motivierter Arbeiter, der gerne zur Arbeit geht und seine Arbeit gewissenhaft erledigt, ist auch glücklich mit dem, was er tut.

Ich hoffe, dass es mehr von euch geben wird und dass ihr nicht damit aufhört. Wir sind sehr dankbar, dass es euch gibt. Wir wissen, was ihr für uns tut, auch wenn ihr das nicht an die große Glocke hängt. Macht bitte weiter so, ich liebe euch und euren Mut, anders zu sein als die meisten. Nicht den Gewinn im Vordergrund zu haben, sondern die Menschlichkeit und die Freude am Leben.


Mein Lieblingsthema ist das Essen. Ich liebe Essen, Gesundes,

Ungesundes, Süßigkeiten ... Hast du schon einmal darüber nachgedacht, was wir essen und woher unser Essen stammt, von welchem Kontinent? wie viele Kilometer unsere Nahrung hinter sich bringt, bevor sie auf unseren Tisch kommt? Und dann schmeckt es einfach nicht. Aber wir essen es trotzdem, weil es zu teuer ist, etwas Regionales zu kaufen ...

Was erwarten wir für das Geld? Was sind wir bereit zu zahlen? Schmecken soll es sehr gut, aber zahlen möchten wir fast nichts ... Deswegen essen wir das, was wir essen, und vertrauen wieder einmal den anderen, in der Hoffnung, dass sie die Wahrheit sagen und dass es keine genmanipulierte Nahrung ist. Wir wundern uns über die Qualität der Nahrungsmittel, aber wissen nicht, wie sie hergestellt wurden. Wir wissen von der Massentierhaltung und ignorieren es.

Viele der unzufriedenen Arbeiter, die auch noch unzufrieden sind mit ihrem Lohn, legen keinen Wert auf das, was sie für uns herstellen. Und dann wundern wir uns, dass in unser Essen gespuckt wird und was sie noch machen, um uns zu bestrafen. Es muss immer mehr produziert werden, da wir es so haben wollen und kein Interesse daran haben, woher die Produkte kommen, wie sie auf den Markt kommen.

Wenn ich die Preise sehe, was alles kostet, kommen mir die Tränen. Wie kann es sein, dass ein Kilo Bananen billiger ist als ein Kilo Äpfel aus der Umgebung? Ja klar, wir machen Geschäfte auch mit Lebensmitteln, die Firmen kaufen Lebensmittel, die noch gar nicht reif sind, lagern sie in Kühlhäusern mit Stickstoff, und wenn die Lebensmittel bei uns ankommen, sehen sie aus wie frisch geerntet.

Natürlich müssen wir essen, um zu überleben. Aber wir müssen uns auch Gedanken darüber machen, was unser Körper braucht. Pestizide sicherlich nicht, Antibiotika auf gar keinen Fall, hingegen Vitamine, so oft es geht.

Aber was machen die, die sich nur die billige Ware, die Ware zweiter Klasse leisten können? Auch viele Menschen fühlen sich als Menschen zweiter Klasse.

Leider sind wir auch mitschuldig an dem, was mit uns passiert. Denn oftmals sparen wir an der falschen Stelle. Wir könnten öfter etwas Gebrauchtes kaufen: Sofa, Fernseher, Auto, Kleidung – und das Geld, das wir dabei gespart haben, in richtiges Essen investieren, damit wir auch die Mineralstoffe bekommen und alles, was unser Körper braucht. Vielleicht sollten wir auch einmal überlegen, ob wir die vielen Sachen, die wir andauernd kaufen, auch wirklich brauchen ...? Das wäre doch eine kleine Lösung!

Und natürlich, an die besser Verdienenden: Kauf doch einmal eine Tüte gesundes Essen und gib sie den Bedürftigen, macht ihnen eine Freude. Für Besserverdiener ist es nicht die Welt, aber eine menschliche Geste. Wenn du schon die Möglichkeit hast, mach etwas Nettes daraus. Wenn du jetzt sagst: Wie finde ich Bedürftige? Frag die Kinder, ob es jemanden in der Schule gibt, der arm ist. Oder spende für Frauenhäuser, Obdachlose oder Asylheime ... Glaube mir, du wirst uns finden, denn wir, die Armen, sind in der Mehrheit ... In jeder Stadt, in jedem Dorf, in jeder Region, in jeder Straße gibt es viele von uns. Auch in deiner Umgebung und in der ganzen Welt.

Schau genauer hin!

Wir glauben viel zu viel. Ist euch das nicht auch schon aufgefallen? Erkennt ihr nicht, wie unsere Sinne uns oft einen Streich spielen? Meine Großmutter sagte oft: »Wenn du mehrere Male etwas laut sagst zu einem Kind oder zu einem labilen Menschen, irgendwann glaubt er es, weil du ihm das eingeprägt hast, und das ist dann nicht sein Gedanke oder Wille, sondern deiner. Du spielst einfach mit ihm.«

Und das ist das, was die Medien mit uns machen ... Denn aus den Medien erfahren wir alles: Politik, Fremdenhass, Arbeitslosigkeit, Kriege, Terrorismus, Religionen. Alles, was man uns mitteilen will, womit man uns beeinflussen will, erfahren wir aus den Medien.

Glauben wir alles, was wir sehen? Das muss jeder von uns alleine beantworten, da es um unsere Wahrnehmungen, Glaubensfragen und Ansichtssachen geht.

Sogar ein starker Mensch kann seinen Willen und seine Gedanken nicht richtig sortieren, wenn er ständig von außen beeinflusst wird und es nicht merkt. Leider will er es nicht glauben, da er meint, stark und widerstandsfähig zu sein. Viele von uns denken so, und wir sind uns sicher – aber können wir das wirklich sein?

# Was ist wichtig?

*Die Werte des Lebens muss jeder für sich herausfinden.*

Der Versuch, ein besseres Miteinander zu schaffen, braucht keine Kriege, Vorurteile und kompliziertes Denken. Dass es mit ganz einfachem TUN, wie dem Kennenlernen, funktioniert, weißt jeder von uns. Es gibt so viele Milliarden Menschen auf dieser Erde. Jeder hat ein anderes Denken, und das ist gut so. Mit dem Versuch, das zu verstehen, bist du schon bereit, einen Schritt zu tun, eine bessere zwischenmenschliche Beziehung aufzubauen.

Ich will jedem helfen, der Hilfe braucht. Es gibt so viele kranke Menschen, die gar nicht wissen, dass sie krank sind. Die Ursachen sind oft fehlende Liebe und fehlendes Verständnis. Unsere Sinne sind benebelt, beeinflusst von Omas, Opas, Mamas Vorstellungen, von Papas Gepflogenheiten, von der Geschichte, der Nachbarschaft, der Umgebung – wir wissen nicht, wem wir glauben sollen.

Am besten ist es, alleine zu entscheiden. Was würde ich tun, wenn mir das oder jenes passieren würde? Wir brauchen die Erkenntnis, dass es nicht immer so ist, wie es scheint.

Von klein an erzählt mir jeder, wie ich leben soll. Jeder weiß Bescheid, aber keiner hat eine Ahnung. Der ist nicht gut, weil er eine andere Augenfarbe hat, der glaubt an den falschen Gott, der ist nicht gebildet genug, der ist blablabla, was auch immer. Woher nehmen sie sich das Recht, mir zu erzählen, mit wem ich meine Zeit verbringe soll? Das ich jemanden hassen muss, weil er Muslim, Hindu, Serbe, Kroate, Bosnier, Deutscher, Pole, Ukrainer, Syrier, Russe, Türke usw. ist? Die Liste ist lang, die Leute stammen aus aller Welt. Die Menschen haben vieles gemeinsam, aber das sehen wir nicht, weil wir voller Vorurteile sind. In allen Gesellschaften gibt es gute und schlechte Menschen, und es gibt die »Mitmacher«, die, die sich der Masse anpassen. Deswegen sollte jeder von uns sich mit seinen Gedanken befassen und auf seine eigenen Sinne hören ... Wir sollten ein bisschen mehr hinterfragen.

Unsere Gesellschaft ist so stumpf geworden, dass keiner mehr an seinen Verstand und sein Herz glaubt. Man sollte seine Sinne schärfen und alle Sinne benutzen, nicht nur die Augen und die Ohren!

Das, was wir sehen und hören, das glauben wir automatisch ... Leider stimmt das nicht immer. Und das weiß jeder von uns. Wie viele Male habe ich gehört, eine Cousine von einer Bekannten habe mich da und da gesehen. Ich bestätige solche unwichtigen Sachen immer, archiviere sie, und weiter geht's. Meine Energie will ich nie für blödsinnige Kommentare aufwenden, da es wichtigere Sachen gibt im Leben.

Warum sich die Leute Geschichten ausdenken? Keine Ahnung. Aber durch meine bisherige Lebenserfahrung und durch mein lebendiges Leben denke ich, die können es nicht besser. Ich lasse niemals zu, mich für jemanden entscheiden zu müssen, wenn sich zwei Leute streiten. Ich bleibe neutral, und in meiner Gegenwart darf keiner schlecht über den anderen reden. Wir reden über witzige Sachen und scherzen. Ich bringe Leute gerne zum Lachen.

Wenn ich eine gute Tat mache, erzähle ich das nicht rum. Ich mache es still, ich mache das, weil ich es will. Warum Streiten, wenn man diskutieren kann? Warum etwas bestätigen, wenn du weißt, dass es nicht stimmt? Weil du nicht stark genug bist, deine Meinung zu sagen? Versuch's mal! Das fühlt sich sehr gut an. Warum erlaubst du, dass in deiner Gegenwart über jemand getratscht wird? Musst du wirklich anderen Schmerz zufügen, damit du dich lebendiger fühlst? Ist es dir egal, dass er auch ein Mensch mit Gefühlen ist?

Wer darf sich das Recht nehmen zu bestimmen, dass ich, nur weil ich nicht in diesem Land geboren bin, es nicht lieben kann? Ich lebe in einer freien Stadt und vertrete meine eigene Meinung. Ich lebe so, wie ich es für richtig halte, und nicht so, wie es in einem Buch steht, wie du leben musst. Ich genieße die Freiheit, mein LEBEN.

Ich bin keine Marionette meiner Vorfahren und deren Hass, deren Geschichte, die über Generationen erzählt wird. Wissen wir überhaupt, von wo wir abstammen und wer unsere Vorfahren sind? Woher sind die gekommen, vor ein paar hundert Jahren? Hast du schon einmal nachgefragt?

Was war, ist gewesen, das ist Teil unserer Geschichte. Es ist nun die Zeit gekommen, dass wir für eine bessere Zukunft sorgen und endlich nach vorne blicken. Es sind genug Herzen vergiftet worden in der Welt, das reicht, wir müssen uns endlich mehr lieben, ehren, miteinander leben und respektieren.

Ich lebe dieses Leben, weil ich nur dieses Leben habe, und ich freue mich jeden Tag aufs Neue. Wenn ich höre, wie sich die Leute über banale Dinge aufregen, muss ich lachen. Über unwichtige Dinge regen sie sich auf, etwa darüber, dass der Rock von dieser oder jener Arbeitskollegin oder Nachbarin nicht zur Bluse passt. Ja, das regt sie mehr auf als Kriege, Hunger, Vergewaltigungen, Pädophilie, Tierquälerei, Frauenhäuser, Kinderheime, Krebskranke, Aidskranke, psychisch gestörte Kinder und Jugendliche, Pflegeheime, Seniorenheime, Asylheime, Bedürftige usw.

Wieso sehen wir das nicht?

Wir sehen das Korn in den Augen der anderen, aber unseren Brocken ignorieren wir und rechtfertigen ihn, weil es ja unser eigener ist. Unsere Kinder sind immer die Guten, Braven, Fleißigen, und wir wollen es nicht wahrhaben, dass sie gar nicht so sind, wie wir es gerne hätten. Wir machen alles, um unser Leben besser darzustellen, als es tatsächlich ist. Wenn uns etwas nicht gefällt, flippen wir aus, als würde sich die ganze Welt nur um uns drehen. Wir nehmen alles für selbstverständlich. Wir erwarten Verständnis, aber sind selbst nicht verständnisvoll. Wir erwarten Respekt, ohne den anderen zu respektieren. Wir widersprechen uns ständig. Eigene Fehler erkennen wir nicht, aber die der anderen immer.

Man sollte zuerst einmal selbst zum besseren Menschen werden und dann erst versuchen, andere zu verbessern. Nicht über Politik schimpfen und selbst nichts tun. Bist du je wählen gegangen?

Es gibt so viele andere Schicksale, die viel schlimmer sind als unsere. Wir trauern wegen dem, was wir im Fernsehen sehen, doch in der Nachbarschaft gäbe es so viel zu helfen. Man sollte einen Teil seiner Menschlichkeit nutzen und einen Beitrag leisten. Wer Gutes tut, bekommt auch Gutes zurück. So einfach ist es. Wie ein altes Sprichwort sagt: Guten Menschen passieren auch gute Sachen.

Warum interessieren uns immer die schlechten Sachen mehr als die Guten? Das ist doch nicht die wahre Natur des Menschen: dass wir uns erfreuen, dass sie eine Prostituierte ist, und wir nicht wissen wollen, warum sie es tut. Dass er ein Junkie ist und sein Vater auch nicht besser war. Warum es so ist, fragt keiner, da es nicht unsere Sache ist und wir nichts damit zu tun haben wollen. Aber weitererzählen und darüber lachen, das ist okay, das ist dann wieder »unsere Sache«.

Die Klamotten machen nicht den Menschen aus, sagt jeder, aber niemand hält sich daran. Wir sind so verblendet, dass wir es bewundern, wenn wir jemanden mit Markenklamotten sehen. Aber wir wissen gar nicht, ob es seine sind und ob er sie überhaupt gekauft hat.

Hauptsache, es sieht gut aus. Aber wie er es erwirtschaftet hat, das ist nebensächlich. Was stimmt mit uns nicht? Fragst du dich das auch manchmal?

Und immer dieses Jammern. Oh, warum habe ich keinen besseren Job? Warum habe ich kein Auto, kein Haus? Warum haben die anderen so viel und ich nichts? Warum ist mein Leben so schwer, und den anderen geht es gut ...?

Hinter die Fassade wollen wir keinen Blick riskieren, damit wir nicht sehen müssen, dass der andere noch schlimmeren Kummer hat. Dass sein Job sein Leben beeinflusst und sein Leben ist. Dass er das teure Auto nur gekauft hat, um den anderen zu imponieren. Er besitzt ein superschickes Haus, aber er hat keine lachenden und glücklichen Bewohner.

Wir sind nicht fähig, das zu sehen. Stattdessen sind wir neidisch. *Diese* Fähigkeit, die besitzen wir, aber zugeben würden wir es niemals, da keiner Neider mag. Aber innerlich wünschen wir uns das Schlimmste für die, die es anscheinend geschafft haben im Leben.

Wir lügen ständig, aber uns selbst anzulügen, damit sollten wir sofort aufhören. Wir wollen immer mehr materielle Dinge, diese sind für uns wichtiger als die Freude am Leben. Vergessen haben wir, dass unsere Herzen dies nicht brauchen. Es ist überflüssig, mehr zu haben als Liebe, Gesundheit und Zufriedenheit. Das ist nicht das Leben! Die Zeit rennt davon, wach auf! Die Zeit ist gekommen, dass wir unser Leben neu ordnen. Jeder sollte bei sich selbst beginnen und dann bei der Welt um ihn herum weitermachen.

Es werden Leute gesucht bei der freiwilligen Feuerwehr, Leute, die gemeinnützige Arbeit leisten, sozial engagierte Mitarbeiter in den Küchen, Kindergärten und Seniorenheimen. Helfende Hände werden überall gebraucht, und alles ist besser, als vor sich hinzuvegetieren. Wie traurig ist manchmal die Welt, in der wir leben ...

Da uns nichts Menschliches mehr interessiert, fragt niemand, wie es einem geht, ob jemand in der Nachbarschaft ist, der nicht in der Lage ist, einkaufen zu gehen. Ob die alleinerziehende

Nachbarin eventuell Hilfe braucht, da sie zwei Jobs hat und ihre zwei kleinen Kinder ernähren muss. Ihr Ex-Mann war Alkoholiker und spielsüchtig und hat sie ständig verprügelt. (Du hast all das gehört und denkst, dass du Bescheid weißt.) Sie tut dir so leid, deswegen lädst du sie einmal zu dir zum Kaffeetrinken ein, und ihre Kinder können für ein paar Stunden bei dir spielen ... Das wäre doch ein Anfang für dein neues Leben. Vielleicht solltest du ihr auch einmal ein Kompliment machen und sagen, dass sie das gut macht und eine tolle Mutter ist, statt zu kritisieren, dass ihre Kinder zwei unterschiedliche Socken anhaben.

Nein, das ist dann doch zu viel, denn uns geht es ja im Moment auch nicht gut, das Konto ist wieder einmal im Minus, und dann ist noch eine zweite, dritte Mahnung gekommen ... Aber du hast dann trotzdem eine Bestellung für ein paar neue Schuhe aufgegeben.

Oder denkst du, dass du etwas Besseres bist? Dass du mit der Nachbarin nicht gesehen werden willst? Dass das nicht deine Sache ist? Falls du denkst, dass du ein Mensch »erster Klasse« bist, dann tust *du* mir leid, nicht die Nachbarin, die ihre Kinder über alles liebt und alles für sie tut. Du hast keine Ahnung!

Du bist der, wegen dem wir uns immer schlecht fühlen, und du bist der, der uns zu Menschen »zweiter Klasse« macht. Du bist der Chef, der mit seinem Leben unzufrieden ist und uns dann bei der Arbeit anschreit: Schneller, mehr, los, los, Stückzahlen erfüllen! Jeden lieben Tag, wie es dir passt.

Du bist der, der mit deiner Laune unseren Tag bestimmt. Wenn du gut gelaunt bist, ist alles super. Aber wehe, es ist dir eine Laus über die Leber gekrochen. Das merken wir sofort, da wir dich analysiert haben und dich kennen. Und du siehst nicht, dass einer deiner Arbeiter den x-ten Kredit aufgenommen hat, weil ihn seine Frau verlassen und ihm seine Kinder weggenommen hat, weil er traurig ist ... Nein, nein, du siehst nur, dass er langsamer geworden ist. Deine Reaktion: Wenn du nicht schneller wirst – es gibt ja viele andere, die glücklich wären, hier zu arbeiten, an deinem Arbeitsplatz …

Schäme dich, wie kannst du ruhig schlafen? Und warum denkst du, dass du besser bist als wir? Denn das bist du wirklich nicht!

Habt ihr nicht die Nase voll? Nicht von Speed oder Kokain (dazu komme ich später noch), sondern von der Wegwerfgesellschaft. Ein neuer Fernseher muss her, das Sofa ist auch schon ein paar Jahre alt. Es gibt doch die Null-Finanzierung, die Finanzierung in sechsunddreißig Raten, das ist ein Klacks. Das braucht man unbedingt, es hält uns am Leben, und es ist sehr wichtig, sein eigenes Ego zu befriedigen. Das Gute daran: Die Leasing-Rate für das Auto ist nicht teuer. Warum einen Gebrauchtwagen kaufen, wenn man ein neues Auto fahren kann?

Und dann die teuerste Garderobe, der Urlaub, noch eine Jacht, Pferdewetten … Das alles, was du meinst, dir »gönnen« zu müssen, brauchst du nicht! Gib etwas ab! Du kannst jemand anderem das Leben retten, das fühlt sich gut an, hilf den Bedürftigen.

Was ist los mit unserer Intelligenz? Wir sind wahnsinnig, wie wir unser schwer erarbeitetes Geld aus dem Fenster schmeißen. Und das Traurige daran ist, dass es scheinbar egal ist, ob ich etwas beitrage zu einer besseren Gesellschaft, einer besseren Welt.

Wir können es nicht besser, oder wir haben Angst zu erkennen, dass wir alle gar nicht so unterschiedlich sind. Wir haben Angst, Schwäche zu zeigen. Angst vor dem Versagen, vor Überschätzung, vor Überheblichkeit. Es gibt so viele Gründe, nichts zu tun. Und du weißt, dass du das ändern könntest, aber du bist dir zu schade, du bist zu faul, du bist desinteressiert, ja du hoffst, es erledige sich schon von alleine.

Wir lachen über Witze auf Rechnung anderer! Und das ist das Lebensmotto? Das nennst du Leben? Ernsthaft? Ist das wirklich das Leben, von dem du geträumt hast, als du klein warst? Menschen wie Mülltonnen behandeln. Sich alles erlauben, weil du dich für etwas Besseres hältst ...

Warum machst du so etwas? Um deinen Chef zu beeindrucken? Du bist so herzlos, dass du zur Weiterbildung geschickt wirst, um den Umgang mit Menschen zu lernen ... Was ist mit dir passiert? Hast du schon vergessen, wie sich ein Mensch fühlt, wie man mit Menschen redet, was es heißt, einfühlsam zu sein? Hast du es vergessen – oder hast du es niemals gelernt, weil deine Eltern dir keine Zuneigung gegeben haben?

Gehe in dich. Du trägst es in deinem Innersten. Lerne wieder zu empfinden. Werde besser, als du es bisher warst!

# Einsicht in mein Leben

*Lernen durch logisches Denken.*

Vielleicht wird euch mein Leben ein wenig die Angst nehmen und euch die Augen aufmachen, dass kleine Dinge, die nichts kosten, viel mehr Wirkung haben, als gedacht: Komplimente zu vergeben, ein Lächeln zu schenken, aufmerksam zuzuhören, Menschen anzusprechen, sich mehr Zeit zu nehmen für die Familie, echte Menschen als Freunde zu haben statt tausend virtuelle Freunde, Fußball zu spielen, im Gemeindezentrum zu helfen.

Fang etwas an, und du wirst sehen, es ist so gut, etwas zurückzugeben. Machen wir das Leben lebenswerter für uns, für unsere Kinder, für die Menschheit.

Das einzige, was wir Menschen brauchen, ist Liebe. Jeder hat es, jeder will es, und jeder kann es geben.

Ob Akademiker oder Arbeiter, ob Christ, Muslim oder Jude: Im Grunde sind wir identisch – und trotzdem so verschieden. Das macht das Leben schön, und wenn wir uns nur ein bisschen näher kennenlernen und gegenseitig voneinander lernen würden, wären wir viel glücklicher, als wir es jetzt sind. Aber nein, wir halten uns für etwas Besseres, weil wir gebildet sind oder schöner oder dünner oder sportlicher oder erfolgreicher ... Wir halten uns für etwas Besseres, als wir sind. Keiner ist perfekt, es gibt keinen Maßstab für Perfektion!

Wie meine Oma mit ihren klugen und einfachen Wörtern sagte: »Jeder Mensch, wenn er die Toilette verlässt, hinterlässt Gleiches, keiner hinterlässt Creme oder Parfüm.«

Was ich damit sagen möchte, ist, dass wir viel mehr Gemeinsames haben, als viele von euch denken.

Ich bin nicht klug, gebildet oder hübsch, aber ich durfte das harte Leben spüren und lernen, damit zu leben. Was ich gelernt habe, ist, dass ich nicht die Kopie eines anderen bin und dass alle Entscheidungen, die ich getroffen habe, meine eigenen waren. Ob es gute oder schlechte Entscheidungen waren: Ich entschied jeweils so, weil ich es nicht besser wusste. Mein Leben ist nicht so einfach, ich versuche immer, das Richtige zu tun. Ob es mir gelingt, ist eine andere Frage ...

Jeder Tag bringt etwas Neues mit sich. Man sollte sich am Sonnenschein, am Schnee, am Regen, an allem erfreuen. Aber nein – einmal ist es uns zu kalt, dann wieder zu warm oder zu nass. Uns stört alles. Warum? Weil wir mit uns selbst unzufrieden sind. Wollen wir so weitermachen oder wollen wir etwas verändern?

Ich habe bis jetzt viele Freunde gehabt, die mich hintergangen haben. Selbst in der weiteren Familie, mit Menschen, von denen ich es am wenigsten erwartet hätte, gab es Probleme. Deswegen kann ich mir niemals sicher sein, dass ich einen Menschen gut genug kenne. Nene sagte: »Diejenigen, die du liebst, tun dir am meisten weh. Bei den anderen ist es nicht so schlimm, da sie dir ja nicht so nahe gestanden sind.«

Was dich nicht umbringt, macht dich stärker, heißt es. Und das habe ich wohl nicht zum letzten Mal erlebt. Aber der Kreis wird nicht kleiner, denn ich finde immer wieder jemanden, dem ich helfen kann.

Nene sagte, dass ich einen Magnet besitze, der immer die Schwachen anzieht und dass es meine Aufgabe ist, ihnen zu helfen. Natürlich kannst du nicht jedem helfen, das wäre dann ein richtiges Wunder. Aber zumindest zuhören kann man, das ist nicht schwer, und dann wird es leichter. Nicht alle Menschen haben jemanden, mit dem sie ihre Probleme besprechen können.

Manchmal bin ich traurig, verzweifelt, wütend, müde. Ich verstehe manche Menschen nicht, aber ich versuche es trotzdem. Will ich so sein wie die anderen? Nein, niemals.

Wie viele Male ich noch verletzt werde, weiß ich nicht. Aber es ist besser, verletzt und enttäuscht zu werden, als wie ein Stein ohne Gefühle zu leben. Offen und herzlich bleibe ich und gebe jedem eine Chance. Ich frage mich oft, ob mit mir etwas nicht stimmt. Warum tue ich mir so etwas an und bringe mich immer und immer wieder in peinliche Lagen? Nicht wegen mir selbst, sondern wegen den anderen, die sich nicht selbst beschützen können. Ich kann nicht anders – oder ich will es nicht anders ...

Wir werden alle verschieden erzogen und müssen verstehen, dass jeder Mensch unterschiedlich aufgewachsen ist. Viele haben nicht erlebt, dass täglich ein warmes Essen auf den Tisch kommt, sie wissen nicht, dass man vor und nach dem Essen die Hände waschen soll, dass man duschen muss. Dann gibt es die anderen, die »Erste-Klasse-Menschen«, denen wurde vorgelebt: Wer Geld hat, hat die Macht. Man kann bei vielen sehen, was aus ihnen geworden ist. Kaltherzige Menschen, gewissenlos, lieblos, sie denken, dass sich die Welt nur um sie dreht. Aber sie sind auch Opfer – die Opfer einer falschen Erziehung und ihrer Vorurteile.

Woher sollten sie es besser wissen, wenn sie es selbst nicht erfahren haben? Wir sollten solchen Kindern helfen, denn die werden eines Tages auch Kinder bekommen und dann .... Was werden sie ihren Kindern beibringen, wenn sie es selbst nicht besser wissen? Darüber sollten wir nachdenken. Wie können wir anderen zeigen, was wichtig ist? Wir sollten nicht lachen und über die Leute reden, dass sie stinken, ungepflegt, herzlos und gefühllos sind usw., sondern sie zur Seite nehmen und einfühlsam erklären, dass sie an sich arbeiten sollen.

Ich wurde als Ausländerin beschimpft (in meinem Geburtsland bin ich Ausländerin und in Deutschland auch, d.h. ich gehöre nirgendwo hin), als Ungläubige, als Muslimin (von der Familie, Freunden, Bekannten, Unbekannten, Reichen, Armen, von denen, die null tolerant sind) … So viele Beschimpfungen habe ich schon gehört, dass ich nicht alle aufschreiben kann. Und das Traurige daran ist, dass diese Menschen das einfach gesagt haben, ohne darüber nachzudenken. Vielleicht, um sich selbst besser zu fühlen oder anderen Leuten zu imponieren.

Sind sie glücklicher, wenn sie andere schlechtmachen können? Das glaube ich nicht. Ich habe viele Jobs gehabt in verschiedenen Branchen und habe mich immer an die Seite der Schwachen gestellt, auch gegen den Chef … Chefs, die sich das Recht nehmen, die Mitarbeiter anzuschreien, sind einfach nur leere Hüllen, die nichts empfinden können. Viele von ihnen haben studiert und wissen, was sie tun – sie denken jedenfalls, dass sie es wissen … Was für ein Erfolg, oder wie meine Nene zu sagen pflegte: »Sie sind so lange in die Schule gegangen und haben trotzdem nichts gelernt.«

Nicht jeder, der studiert hat, ist klug. Nicht nur die Intelligenten studieren, es gibt auch die anderen. Die Klugen haben es einfacher, die anderen machen es mit Schweiß und Fleiß. Und dann gibt es natürlich auch die, die nicht studiert haben, die Klugen, die trotzdem viel Wissen haben, aber nicht die finanziellen Möglichkeiten gehabt haben, um zu studieren. Sie haben trotzdem das Wissen, das sie sich erarbeitet haben.

Überrascht, dass es so etwas auch gibt?

Ja, das gibt es auch.

Ich bin so, wie ich bin. Habe ich mich selbst gefunden? Erziehung, Schule, Arbeit – von allem ein wenig. Mache ich alles richtig? Natürlich nicht, das macht keiner. Jeder macht Fehler, manche lernen aus den Fehlern der anderen, manche aus ihren eigenen Fehlern. Ich lerne von allen Seiten … und lerne immer noch … Bin lernbereit und lernfähig.

Ich hoffe, ihr versteht, was ich euch zu erklären versuche. Ich hoffe, ihr versteht den Sinn dieses Buches. Bitte, bevor ihr wieder über jemanden herzieht, stellt euch vor, es wäre eure Mutter, euer Vater oder euer Kind ... Stell dir vor, du wärst in einem fremden Land. Dein Kind wäre von Rassisten oder Terroristen ermordet worden. Du hättest die falsche Hautfarbe, würdest an den falschen Gott glauben, hättest falsche Vorstellungen vom Leben, oder deine Kinder wären sehr krank. Alles, über das du dich lustig machst und was du nicht bereit bist zu respektieren, das könnte auch dich betreffen ...

Das, was du dir wünschst, wünsche es dem anderen auch. Versuche einmal, nicht alles zu glauben, was dir erzählt wird. Die Augen und Ohren spielen uns manchmal einen Streich. Der Maurer braucht auch eine Wasserwaage, da er seinen eigenen Augen nicht gänzlich trauen kann. Hinterfrage einmal ein bisschen mehr als bisher! Sei Teil einer Gesellschaft, die an die Zukunft denkt und an ein besseres Morgen für unsere Kinder.

Geh auch nicht immer von dir aus, denn wir haben nicht alle die gleichen Werte, an die wir uns halten. Manche von uns sind verdorbener, manche liebevoller, manche gehässiger als andere ...

Die Personen, die einen schlechten Charakter haben, denken, dass alle schlecht sind. Die Diebe denken, dass alle anderen auch Diebe sind. Die Egoisten denken, dass alle anderen auch Egoisten sind. Und ein Gutmütiger denkt, dass alle gut sind. Ja, denn jeder von uns geht von sich selbst aus.

Wir sind unterschiedliche Menschen und haben unterschiedliche Vorstellungen von allem. Sogar in der Familie haben wir unterschiedliche Meinungen, Vorstellungen, Wünsche, Vorlieben, Hobbys, Einsichten und Lebenserfahrungen. Trotzdem nehmen wir die anderen Mitglieder unserer Familie so, wie sie sind.

Was ist mit unseren Freunden? Auch sie haben die unterschiedlichsten Lebensgeschichten, wurden verschieden erzogen, haben vielleicht einen anderen Lebensstil, als wir es gewohnt sind. Es gibt Arbeitskollegen, die Kokain oder Speed nehmen (je nach Größe des Geldbeutels und in welcher Branche sie arbeiten), um den Tag zu überstehen. Manche müssen ihre Kinder ernähren und haben deswegen mehrere Jobs. Andere versuchen ihren hohen Lebensstandard zu halten und brauchen dafür ein Mittel, um immer fit zu sein.

Haben wir Verständnis dafür? Man sollte es allerdings nicht übertreiben, es hinterlässt auch Spuren, nicht nur auf dem Konto, sondern auch im Gehirn. Du brauchst wirklich keine Drogen, um den Tag durchzustehen. Suche dir einen Job, der dich nicht kaputtmacht, dann brauchst du keine Drogen. Oder such dir einen Job, wenn dir langweilig ist und du nicht weißt, was du tun sollst. Zu arbeiten ist besser, als Drogen zu konsumieren.

Heutzutage ist es ein schnelles und manchmal auch ein hartes Leben. Wir wissen es am besten, denn wir leben es täglich. Aufstehen, den Arbeitsanzug anziehen, acht Stunden lang arbeiten. Jeden Tag dasselbe. Dazu der Arbeitsstress, der Druck und der Kampf: Wer ist besser? Wer ist schneller?

Unglaublich, dass wir nicht sehen, wie wir sind ... Wir erleben täglich den Konkurrenzkampf, Kollege gegen Kollege. Warum brauchen wir das überhaupt? Um uns zu beweisen, dass wir es können? Geht das Leben nicht schon schnell genug vorüber?

Arbeite lieber weniger, aber mache die Arbeit korrekt, so dass jeder weiß, dass du es erledigt hast. Du bestätigst es mit deiner Unterschrift. Was ich damit sagen möchte: Alles, was man im Leben tut, sollte man richtig machen. Nicht oberflächlich, sondern gründlich, sauber, präzis und exakt – so, wie es sein sollte.

Nene sagte immer: »Mein Kind, die Menschen machen sich selbst das Leben schwer. Es beeinträchtigt die Beziehung, sie bekommen Stress, da sie nicht in der Lage sind, sich zu organisieren.«

So, wie du oberflächlich arbeitest, putzt, kochst, so wie du lebst, so liebst du auch, d.h., du bist ein oberflächlicher Mensch, und alles, was du machst, machst du nur, um es zu erledigen. Ohne Spaß und Freude. Du tust nur das, was du musst. Aber was musst du überhaupt? Hast du schon einmal einen Gedanken daran verschwendet?

# Traum oder Albtraum?

*Das Leben, das ich lebe (und ich liebe es, wie ich es lebe).*

Wir sollten sofort aufhören, gierig, egoistisch, hochnäsig, arrogant, neidisch, lügnerisch und oberflächlich zu sein. Auch mit den Vorurteilen und all jenen hässlichen Angewohnheiten, die wir uns jahrelang angeeignet haben, sollten wir sofort aufhören. Wir sollten bei unseren Mitmenschen, die wir nicht mögen – aus welchem Grund auch immer, versuchen, etwas zu finden, das wir an ihnen mögen. Warum nehmen wir sie nicht einfach so, wie sie sind? Der eine lügt vielleicht, ein anderer redet ständig, eine riecht aus dem Mund, ein anderer ist ein Besserwisser, eine ist zu dick, ein anderer zu dünn. Ich könnte hier noch viele Beispiele nennen, aber ich denke, ihr wisst, was gemeint ist. Wir selbst haben auch irgendwelche Eigenschaften, die unser Gegenüber stören.

Sei menschlich, sei nicht gehässig, du darfst alles sagen, sei dabei aber nicht beleidigend und tu niemandem weh. Vermeide Wörter, die wehtun. Das ist deine Entscheidung, du brauchst keine Bestätigung und musst niemandem davon erzählen. Verstehst du, wie wir zu besseren Menschen werden? Archivieren, und weiter geht's ... So wird das Leben einfacher und froher. Wir sind alle gleich, denn wir arbeiten alle im gleichem System, oder nicht?

Ich arbeite als Putzfrau und will euch ein wenig von meinen Leben erzählen. Ich werde nicht immer gleich angesprochen. Als Putzfrau habe ich mehrere Namen: Putzperle, Aufräumhilfe, Putze, Putzhilfe, Reinigungskraft, Hey-du-da, Schwester, Frau – sehr viele schöne und unschöne Namen. Und trotzdem macht es mir viel Spaß und bereichert mein Leben, bei fremden

Leuten zu putzen. Toiletten schrubben – ich mache das gerne. Ich helfe den Leuten, ihren Tag besser und angenehmer zu machen.

Meine Nene sagte: »Hilf den anderen!« Warum sollte man mehr besitzen als die anderen in der Familie, als die Freunde, Nachbarn oder andere Mitmenschen? Einen wird es immer geben, dem du helfen kannst, wenn du willst. Brauchst du wirklich ein größeres Haus, das neueste Auto, ein Hausmädchen, einen Hundesitter, eine Köchin, teure Restaurantbesuche ...? Ob man das wirklich braucht, das muss jeder mit sich selbst regeln.

Es ist ein schönes Gefühl, gebraucht zu werden. Etwas Gutes zu tun, macht mich sehr zufrieden, innerlich und äußerlich. Einem kranken Menschen ein Lächeln zu entlocken. Einer Mutter, deren Kind gestorben ist, wieder Hoffnung zu geben; verstehen zu lernen, mit diesem Schmerz zu leben; menschliche Nähe zuzulassen. Jemandem ein Buch vorzulesen, da er seit langem nicht mehr gut sehen kann. Eine Umarmung für jemanden, der niemanden hat, der ihn besucht, für den du die einzige Person bist, die für ihn da ist. Wenn du in der Lage bist dazu, kannst du der alten Nachbarin einen schweren Einkaufskorb in ihre Wohnung tragen, ohne etwas dafür zu verlangen. Du machst es, weil du weißt, dass auch du eines Tages vielleicht in derselben Situation steckst und dankbar sein wirst, wenn dir jemand Fremdes hilft. So etwas bereichert unser Leben. So etwas macht einen Menschen aus. Helfen, ohne etwas zurückzuverlangen. Hilfsbereit sein ohne Hintergedanken. Sich erfreuen am Glück der anderen. Zufriedenheit in seinem Herzen fühlen.

Meine Arbeitsstelle ist nicht immer gleich. Manchmal bin ich mit alten Menschen, mit reichen, armen, kranken, geschulten, ungeschulten, arbeitslosen Menschen oder mit Rentnern zusammen. Der Mensch, der mich braucht, zu dem gehe ich. Wenn ich meine Arbeit erledigt habe, ist alles sauber. Zurück bleiben zufriedene Menschen. Ist die Arbeit manchmal unangenehm? Ja klar. Man ignoriert es und macht weiter.

Ich habe mich entschieden, dass ich nicht jeden Tag genervt zur Arbeit fahren und mich von meinem Chef und seinen Launen attackieren lassen will. Ich habe mich entschieden, als Putzfrau zu arbeiten und den Menschen, die nicht in der Lage sind, für sich selbst zu sorgen, den Tagesablauf angenehmer zu machen.

Es sind unterschiedliche Menschen, bei denen ich arbeite. Sie leben so, wie es ihnen vorgelebt wurde. Aber es gibt auch Menschen, die sich in ihren alten Tagen ändern. Wenn einer plötzlich sagt: Dass du als Fremde in meinem Land bist, ist gar nicht so schlimm. Ich konnte ihn eines Besseren belehren: dass es nicht wichtig ist, woher man kommt, aus welcher Familie man stammt, sondern wie man mit den Menschen lebt und was man für sie tut. Dass ich nicht viel anders bin als er. Dass wir vieles gemeinsam haben. Wenn er sich dann später entschuldigt für sein falsches Bild von mir, von den Fremden, dann bin ich stolz. Denn ich habe einem Menschen, bevor er zu seinem Gott geht, noch die Augen aufmachen können und ihm geholfen zu verstehen, dass wir gar nicht so unterschiedlich sind.

Nach so einem Moment kann mich nichts verletzen. Auch nicht, wenn ein anderer dann zu mir sagt: Hey, du Putze, komm jetzt! Es ist keine Zeit für eine Pause. Du solltest glücklich sein, hier leben und arbeiten zu dürfen!

Warum rede ich ständig von Menschen zweiter Klasse? Weil ich es jeden Tag zu spüren bekomme, jeden Tag behandelt werde, als sei ich ein »Mensch zweiter Klasse«. Und ich weiß, ich bin nicht die einzige, die das erlebt! Es betrifft auch die Leiharbeiter, die Geringverdiener, viele Arbeitslose, viele Arbeitssuchende und sozial Schwache – uns alle, die wir die Mehrheit sind. Aber wir sollten uns nicht schämen oder verstecken, denn zugleich sind wir diejenigen, die jene, die noch weniger haben als wir, gerne unterstützen. Ja, wir geben gerne weiter. Denn wir wissen am besten, wie man lebt, vom Ersten bis zum Ersten ... Respekt, ihr seid auch meine Helden.

Ich fragte Nene, warum arme Menschen großzügiger sind als reiche, obwohl sie ja auch kaum etwas für sich haben. Nene sagte darauf: »Nur der Mensch, der weiß, wie es ist, nichts zu haben, versteht das. Und mit diesem Wissen kann er nicht den anderen nichts geben.«

Und so dreht sich dieser Kreis weiter: Bedürftige helfen anderen Bedürftigen ... Denn ein »Mensch zweiter Klasse« ist ein Mensch mit Herz, und das ist doch das Wichtigste.

Natürlich gibt es überall solche und solche. Es gibt auch die super netten Personen, die mir ständig sagen, ich solle doch bei meiner Arbeit etwas langsamer machen, ich solle etwas trinken, etwas essen. Ja, ich erlebe meine Tage immer anders und weiß nicht, was mich am nächsten erwartet. Ich freue mich jeden Tag aufs Neue auf das, was kommt ...

Nicht, dass ihr ein falsches Bild von den Reichen bekommt. Nicht alle sind gleich. Es gibt gute und hilfsbereite Menschen, ich bin stolz, für sie zu arbeiten. Es gibt da zum Beispiel eine nette ältere Dame, die sich zur Aufgabe gemacht hat, mich mit alten Sprichwörtern zu versorgen. Sie hat sich Gedanken darüber gemacht, wie sie mich glücklich machen könnte. Sie hört mir zu und nimmt mich als Menschen wahr und nicht »nur« als Arbeitskraft. Ich habe ihr mal gesagt, das meine Nene mir erzählt hat: »Wenn du irgendwo hingehst und die Menschen verstehen willst, wie sie sind, dann frage immer nach den Sprichwörtern, denn die zeigen dir, wie die Menschen denken.« Seitdem hat sie jedes Mal, wenn wir uns sehen, Sprichwörter parat für mich. Solche Kleinigkeiten machen Menschen aus ...

Und dann ist da die Frau, die mich ermutigt hat, diese Zeilen zu veröffentlichen. Sie war voll begeistert, mich kennengelernt zu haben. Sie sieht mich als Schwester und gibt sich auch so, ich fühle es. Erwähnen möchte ich auch noch die Frau, die mir eine Handcreme geschenkt hat, da sie gesehen hat, dass meine Hände wund sind.

Dann ist da der Psychiater, der in mir nur den Menschen sieht und keine Berührungsangst hat, obwohl ich nur seine Toilette schrubbe. Oder die Frau, die krank ist und trotzdem lebensfroh, denn wenn ich da bin, können wir über Gott und die Welt reden. Sie darf ich auch nicht vergessen, die mich zum Staubwischen ruft, obwohl da gar kein Staub ist, sie will einfach nur Zeit mit mir verbringen. Ja, es gibt sie wirklich ...

Es gibt so viele verschiedene Menschen. Menschen mit verschiedenen Ansichten, Vorlieben, Hobbys und Berufen. Leute mit guter Erziehung und auch Leute, die keine Erziehung genossen haben. Nur wenn wir unsere Vorurteile gegenüber unseren Mitmenschen weglassen, können wir richtig miteinander leben.

Wir müssen erkennen, was wir falsch machen. Wir mögen unseren Nachbar nicht, wir gönnen unserem Freund nichts, wir sind eifersüchtig auf unsere Familie, neidisch auf Arbeitskollegen ... Das alles passiert in allen Gesellschaftsschichten. Wir gönnen einander nichts Gutes ... von den Fremden in unserem Land wollen wir gar nicht erst sprechen. Wie sollte es anders sein? Wenn wir uns nicht einmal mit uns selbst gut verstehen – wie kann man dann von uns erwarten, dass wir uns mit anderen verständigen können?

Wie ihr seht, werden wir nonstop angelogen, manipuliert und betrogen. Wir machen es möglich, denn wir glauben nicht an uns, sondern wir brauchen jemanden, an den wir glauben können.

Es ist gut, anders zu sein. Es ist gut, an einen GOTT zu glauben – aber der andere hat das gleiche Recht. Sei verständnisvoller, geduldiger, reifer. Aus dem Teenageralter sind wir raus! Glaube erst an dich selbst!

Haben wir Angst vor dem Tod, vor der Zukunft? Wovor haben

wir so große Angst, dass wir etwas brauchen, an das wir glauben können? Wir sind von klein auf beeinflusst von der Idee, dass es etwas gibt, das uns erschaffen hat. Und wir brauchen die Gewissheit, dass mit dem Tod nicht alles zu Ende ist. So leben wir das ganze Leben in Angst um uns und vergessen, dass wir JETZT leben sollten. Und was später kommt, kommt sowieso ... Das, was kommt, kann man nicht verhindern. Aber man kann lernen, damit zu leben.

Nene sagte immer: »Wir sind Gäste hier, und als Gäste müssen wir beweisen, dass wir gute Gäste sind. Das heißt, Gott prüft dich, wie du jetzt lebst. Hilfst du, dann bist du ein Teil der Gesellschaft und gibst etwas Gutes zurück. Wenn du die Gebote befolgst und versuchst, alles richtig zu machen, dann hast du gute Taten gemacht und Gott verzeiht dir die schlechten. Denn Gott ist gütig, und er liebt alle seine Kinder, ob unartig oder artig ...«

Deswegen hoffen wir alle, dass es da ETWAS gibt. Und wenn es dieses ETWAS gibt, erwartet es von uns, dass wir Gutes tun, dass wir unsere Nächsten lieben, dass wir nicht richten sollen, dass wir nicht töten sollen, dass wir Bedürftigen helfen sollen und nicht neidisch sind ...

Man sagt: Es gibt nur einen Gott – doch jeder betet ihn auf seine eigene Art an, so, wie er es von seinen Vorfahren gelernt hat ...

Respekt vor allen gläubigen Menschen, die wissen, was sie tun. Sie brauchen keine Kirchen, Moscheen oder Synagogen, um Erleuchtung zu erlangen. Sie folgen den Geboten, und den bedürftigen Menschen in ihrer Umgebung geht es gut, denn sie lieben ihre Nächsten.

# An was ich glaube

*Jetzt erkläre ich euch, an was ich glaube, es ist so einfach.*

Ich glaube an mich und meine Fähigkeiten. Ich glaube, dass ich alles lernen kann und dass nichts unmöglich ist. Ich glaube an meinen Verstand, meine Gutmütigkeit, meine Motorik, mein Gewissen, mein Herz, meine Seele, mein Leben.

Alles, was ich habe, an das glaube ich. Ich glaube an das Gute im Menschen, an die Liebe, an die Natur, an die Güte der anderen, an das, was ich bin und was ich noch werde. Ich glaube fest an meinen Weg, mein Ziel, meine Meinung, die ich immer vertrete ... Ebenso glaube ich sehr an die zwischenmenschliche Energie. Und ich glaube, dass das, was ich glaube, auch für die anderen gilt. Jeder Mensch, egal wie individuell er ist, hat irgendetwas, an das man glauben kann.

Können sich die Menschen ändern? Natürlich! Manche würden sagen: Der Wolf wechselt die Haare, aber nicht die Natur ... Vielleicht stimmt das, vielleicht auch nicht ... Jeder sollte für sich selbst herausfinden, ob er bereit ist, sich zu ändern oder ob er so weitermachen will wie bisher ... Mein Leben – meine Verantwortung.

Jetzt werde ich ein wenig Licht in diese Geschichte bringen. Ich will euch nicht manipulieren und euch vorjammern, wie ihr Leben sollt und was ihr glauben sollt. Denn ihr glaubt sowieso viel zu viel ...

Stellt euch jetzt einmal vor, dass alles, was ich geschrieben habe, eine Lüge ist. Alles, was ihr gelesen habt, habe ich mir vielleicht nur ausgedacht. Denn das ist alles aus meinem Kopf! Woher könnt ihr wissen, ob ich die Wahrheit sage? Das müsst ihr für euch selbst entscheiden. Ist es die Wahrheit oder eine

Lüge? Ihr besitzt die Macht, euch eine eigene Meinung zu bilden und sie auch zu vertreten! Auf die Antwort kommt es nicht an, sondern darauf, was ihr mit den Einsichten und Manipulationen macht, denen ihr ständig ausgesetzt seid ...

Mir geht es nur darum, dass ihr ab jetzt mehr hinterfragt, egal wie sinnlos sich etwas anhört oder wie logisch es ist. Lüge und Wahrheit liegen nahe beieinander, wie Hass und Liebe, Gutes und Böses, Normales und Abnormales, Intelligenz und Wahnsinn, richtig oder falsch, Gewinner oder Verlierer, Tag und Nacht, gesund oder krank, heiß und kalt, gläubig und ungläubig, horizontal und vertikal usw. ...

Terrorist – Nazi – Rassist ... Ist das nicht alles dasselbe?

Die Wahrheit ist, dass ich jedem Menschen mit offenem Herzen gegenüberstehe. Dass ich keine Hintergedanken habe. Dass ich meine Freunde, egal wie unterschiedlich sie sind und woran sie glauben, von ganzem Herzen liebe. Und sie fühlen es.

Wenn ich morgens aufstehe, weiß ich: Wegen mir wird sich keiner schlecht, mies oder ungeliebt fühlen. Ich kann abends sehr gut schlafen, denn ich versuche immer das Richtige zu tun. Ich nehme jeden Menschen so, wie er ist, und versuche niemanden zu ändern (leider bin ich keine Maschine). Wenn ich sehe, dass jemand etwas falsch macht, mische ich mich oft ein. Aber ich sage auch gleich, dass das meine Meinung ist und ich ihm lediglich rate, etwas so oder so zu machen. Ich respektiere jeden, und ich will, dass ich auch respektiert werde. Wenn mir etwas nicht passt, sage ich es offen und gerade heraus. Das erwarte ich auch von den anderen.

Die Wahrheit ist auch, dass ich niemals, wenn ich keinen Ausweg sehe, anderen die Schuld zuweise. Es gibt immer einen Ausweg. Und was mir auch sehr wichtig ist: Ich würde niemals etwas kaputt machen. Es gibt ja die Demonstranten, die Autos verbrennen, Scheiben einschlagen, in Läden einbrechen und mehr. Sie erschweren uns das Leben, und alles, was sie kaputt schlagen, muss ersetzt und von unseren Steuergeldern bezahlt werden.

Wenn uns etwas nicht passt, können wir friedlich demonstrieren, dazu haben wir das Recht. Aber für Leute, die sich wie trotzige Kinder benehmen und alles kaputt schlagen müssen, habe ich noch kein Verständnis gefunden (daran arbeite ich noch). Mit dem Geld, das ständig für Reparaturen und Ersatzleistungen ausgeben wird, könnte man so viel Gutes tun ...

Ich weiß, ihr seid wütend auf die Politiker. Ja, das bin ich auch. Mich nervt, dass sie sich vor unseren Augen so viel erlauben und dass so viel Geld verloren geht für die Organisation dieser Treffen der Mächtigen. Ja, das ist Politik, und ja, sie machen das, weil sie es können. Ja, es ist unser Geld, das sie da wegschmeißen. Aber wir haben sie doch gewählt! Zumindest die Mehrheit hat sie gewählt. Auf jede Aktion folgt auch eine Reaktion, vergesst das nie!

Die Themen sind immer die gleichen: Menschen hungern, Klimapolitik, Kriege. Es ist immer dasselbe. Und sie sprechen und sprechen und wissen, dass jeder dritte Mensch auf der Welt kein sauberes Trinkwasser hat. Aber sie sprechen immer noch ... Stellen wir uns einmal kurz vor: Das Geld, das für die Sicherheit ihrer Treffen ausgegeben wird – wie viele hungernde Kinder könnte man damit ernähren? Wir leben doch in einem Zeitalter, wo man über Internet-Konferenzen alles bereden könnte.

Aber nein, sie müssen die Macht, die sie haben, zeigen. Ein toller Empfang muss sein, und so wird für ein paar Tage wahnsinnig viel Geld zum Fenster hinausgeworfen. Oh Wunder, sie konnten sich nicht einigen. Aber vielleicht dann beim nächsten Treffen, wo es wieder um das Gleiche geht ...

Darüber sollten wir einmal richtig nachdenken.

Ich liebe meine Familie, auch wenn sie nicht immer perfekt ist.

Ich liebe Deutschland und alle sechzehn Bundesländer, so unterschiedlich sie auch sind. Denn das ist mein neues Zuhause, meine neue Heimat. Ich liebe auch mein Geburtsland, denn daran habe ich viele schöne Erinnerungen. Ich liebe alle Religionen, denn sie sind gar nicht so verschieden ...

Ich liebe italienische Pizza, griechischen Ouzo, die russische Gefühligkeit, den arabischen und jüdischen Sinn fürs Geschäft. Ich liebe türkische Hochzeiten, holländisches Gras, irischen Tee, die asiatische Ruhe und die balkanische Gastfreundschaft. Ich liebe portugiesischen Wein, den Sinn der Roma für Feiern und Musik, die Alpen, polnischen Humor, französische Baguette, englische Bulldoggen, kolumbianische Tänze, spanische Oliven, australische Kängurus, afrikanische Löwen, schwedische Autos, amerikanische Burger usw. Ich kann nicht aufschreiben, was ich alles liebe und woher es stammt ... Es ist noch viel, viel mehr!

Ihr seht, was wir alle gemeinsam haben. Ich liebe die Kinder, gesunde, kranke, artige, unartige, zickige – oh, es gibt so viel verschiedene Kinderchen ... Und das, was ich noch nicht kenne, kann ich lieben lernen.

Ich bin Asiatin, Europäerin, Afrikanerin usw. Ich komme von der ganzen Welt, denn ich bin offen und bereit zu lernen, damit wir glücklich, zufrieden und freundschaftlich miteinander leben können. Das Leben ist zu kurz, um es mit Hass zu verbringen.

Eine wahnsinnige Idee: Wenn ich einen Staat führen würde, wie würde er aussehen? Das Grundgesetz würde ich bestehen lassen, denn es ist fantastisch! Die Würde des Menschen ist unantastbar, jeder hat ein Recht auf Schule, auf eine Ausbildung, eine Arbeitsstätte. Jeder hat das Recht auf Privatsphäre (auch in Briefen, Telefongesprächen, bei der Internetnutzung, in SMS) und auf freie Entfaltung, freie Religionsausübung, freie Geschlechtswahl ....

Die Schule sollte keine Noten vergeben, sondern jedem

Menschen die Chance geben, dass er das lernen kann, was er will. Jede und jeder sollte individuell Nachhilfe bekommen und gefördert werden. Mehr Lehrer sollten ausgebildet werden, und die Schüler sollten bereits in der Schule lernen, was im Grundgesetz steht. Außerdem sollten sie über ihre Rechte und Pflichten informiert werden. Man sollte ihnen den richtigen Weg zeigen. Für unsere Zukunft sollten sich die Kinder weiterentwickeln, damit sie es besser machen. Sie sollten die Wahl haben. Nicht Statussymbole, die Beeinflussung durch die Eltern oder das Geld sollten ihre Entscheidungen prägen. Sie sollten lernen, dass sie nicht nur auf der Welt sind, um zu arbeiten und Rechnungen zu bezahlen. Sie sollten in der Schule lernen, was es für wichtige Gründe gibt zu leben. Ohne Druck sollten sie eigene Entscheidungen treffen können.

Wenn ich einen Staat führen würde, würde ich einen Rentner-Fonds füllen, damit kein Mensch in seinen alten Tagen mehr arbeiten muss. Das ist doch traurig, wie viele ältere Menschen in Altersarmut leben.

Den Müttern und Vätern sollte man Zeit lassen für das Wichtigste im Leben: die Kinder. Man müsste hier Erleichterung schaffen, damit sie nicht mehrere Jobs annehmen müssen, um die Familie zu finanzieren. Es braucht hier Unterstützung auf allen Ebenen, finanziell und sozial.

Alle Religionen sollten gelehrt werden, denn wir leben in einem Land, dessen Bewohner verschiedene Glaubensrichtungen vertreten. Es braucht bessere Aufklärung in Schulen, Moscheen, Kirchen und Synagogen. Ich würde ein großes Gebäude bauen, in dem alle Glaubensrichtungen ihre eigene Religion ausüben können. Alle könnten im gleichen Hof beten, jeder zu seiner Zeit und auf seine Weise. Nur aufgeklärte Erwachsene können verstehen und die Kinder auch aufklären.

So wie man das Recht hat auf ein Feierabendbier oder auf Wetten, so sollte man sich am Feierabend auch einen Joint gönnen können. Für manche ist das eine Droge, doch für viele chronisch kranke Menschen ist es Medizin. Alkohol ist legal, dabei kennen wir die Statistik und wissen, wie viele Jugendliche ihr Leben durch Alkohol verloren haben ...

Eheschließungen? Was für eine Frage! Ich bin eher für »Ehe für keinen«. Denn wir brauchen keine Ehe. Die Ehe ist überflüssig, keiner sollte heiraten – warum auch? Um Steuern zu sparen? Aus Liebe? Wegen falschen Vorstellungen vom Leben? Wir haben von unseren Eltern vorgelebt bekommen, dass man, wenn man alt genug ist, heiraten sollte.

Nein, das finde ich nicht. Man sollte leben, mit wem man leben will, und eine Familiengründung braucht kein Papier zum Beweis. Dass man abgesicherter ist, wenn man sich scheiden lässt – wozu braucht man so etwas? Früher wurde aus Machtgründen geheiratet; man verbündete sich. Gibst du dein Kind einem anderen, bist du mit ihm verbündet, und es herrscht Frieden ... So einen Vertrag brauchen wir heute nicht. Wir lieben den Menschen, für den wir uns entschieden haben, mit dem wir zusammen leben wollen. Das reicht.

Der Staat sollte noch viel sozialer werden. Es gibt sehr viele Bedürftige, und es werden immer mehr. Es gibt mehr arme Menschen als reiche. Wir müssen das ändern. Da, wo das System versagt, müssen wir dranbleiben und es besser machen. Wir müssen auch selbst bessere Geschwister, Nachbarn, Freunde, Kinder, Eltern, Chefs und Arbeitskollegen werden. Wir sollten den Menschen in unserer Umgebung Erleichterung verschaffen durch unsere Entscheidungen und Handlungen.

Die anderen Staatsmänner und Staatsfrauen sollten respektiert werden. Wenn ich bei jemandem zu Gast bin, kann ich mich nicht benehmen, als wäre ich zuhause. Vielleicht müsste ich den anderen besser kennenlernen, vielleicht ist er nicht so arrogant, wie es mir scheint, vielleicht ist er nur selbstbewusst. Ich würde mit jedem zu reden versuchen, die Person zuerst einmal kennenlernen und ihr eine Chance geben ...

Sind wir selbst nie unvernünftig? Machen wir selbst immer alles richtig? Auch darüber sollten wir gründlich nachdenken.

Man sollte mehr Ärzte ausbilden, so dass zwischen Menschen »erster« und »zweiter Klasse« keine Grenzen mehr bestehen. Dann wären wir alle gleich. Die Ärzte würden nicht mehr nur an den Gewinn denken, sondern an den Menschen, um den es geht. Sie würden kranke Menschen gesünder machen, statt nur Geld zu verdienen an ihnen.

Im Osten, im Westen, im Norden, im Süden: Überall sollten die Löhne gleich sein. Alle Fabriken sollten das gleiche haben. Es gibt so viele leere Gebäude, die man für unterschiedliche Projekte nutzen könnte. Ideen sind vorhanden.

Alle Frauen und Männer sollten dieselben Aufstiegschancen und Löhne haben. Es sollte keine Unterschiede mehr geben. Die Menschen, die auf den Ämtern arbeiten, sollten liebevoller umgehen mit den Ausländern. Auf dem Arbeitsamt und den anderen Ämtern sollten Menschen ohne Vorurteile arbeiten. Die Menschen, die sich in ihren Jobs unwohl fühlen, sollten ohne Probleme zu anderen Jobs wechseln können.

Ich wundere mich schon lange nicht mehr, wenn ich höre, dass die Arbeitnehmer voller Vorurteile sind und dass sie Macht ausüben bei der Besetzung der freien Arbeitsstellen. Habt ihr gehört, was bei unserer Polizei los ist? Oder in der Bundeswehr? Oder bei den Beamten, wie sie sich benehmen? Dieses feindliche Auftreten ... Sie sind doch da, um der Gesellschaft zu dienen und nicht, um sich daneben zu benehmen.

Jeder sollte eine faire Chance bekommen, egal, welchen Beruf er hat. Nicht nur derjenige, der das Geld hat, um Politiker, Richter, Anwalt, Arzt oder Akademiker zu werden ... Jeder sollte das Recht auf jeden Beruf haben.

Generell sollte man mehr Veränderungen zulassen, etwas Neues ausprobieren nicht immer am Alten hängenbleiben ... Das Alte ist schon gut, aber das Neue kann man mit integrieren. Vorwärts gehen statt rückwärts.

Und der Staat sollte mehr Wohnraum anbieten für alle Menschen und jeden Geldbeutel. Er sollte Hilfsprojekte unterstützen, egal, um was es geht: Projekte zur Bekämpfung des Hungers, zum Klimaschutz, für sauberes Wasser, gegen Krankheiten, für den Frieden. Wir sollten die Welt retten, die ganze Welt, unseren schönen Planeten Erde. Wir sollten nicht nur darüber reden, sondern etwas unternehmen.

Ja, wenn ich die Macht hätte ... Leider habe ich sie nicht. Aber davon träumen, das kann ich. Ich habe immerhin die Macht, mir vorzustellen, wie ich meine Familie führen würde.

# Schlusswort

*Das muss mal gesagt werden!*

Ich liebe euch alle, auch wenn ich euch nicht kenne! Nehmt eure Leben selbst in die Hand, fangt an zu leben, und kümmert euch nicht darum, was andere von euch denken. Lebt endlich! Ihr seid keine Roboter, ihr dürft gerne Fehler machen, das ist menschlich. Und ihr habt die Macht, das Richtige zu tun. Gebt euch nicht mit weniger zufrieden! Wenn du ein Kind unbedingt willst und dein Partner nicht, dann willst du es nicht unbedingt! Prioritäten setzen, das ist doch dein Leben, und du darfst niemandem die Schuld an deinen Entscheidungen geben, denn das ist unfair.

Und wenn du schon ein Kind hast, dann sollte dein Kind der Mittelpunkt deines Lebens werden, denn du hast dich entschieden, es zu bekommen.

Warum ich ständig von Kindern geschrieben habe? Für viele von uns ist es schwer, sich zu ändern, da wir nicht bereit sind zu verzeihen, zu vergeben, zu vergessen. Aber unsere Kinder werden es besser machen, wenn sie richtig erzogen werden! Ohne Hass, Vorurteile, Statussymbole, ohne falsche Vorbilder und falsche Ansichten. Sie sollen die richtigen Entscheidungen treffen, für sich selbst und für die Welt ...

Ich hoffe von ganzem Herzen, dass ihr euch ein wenig Gedanken machen werdet über all das. Es ist niemals zu spät, an sich zu arbeiten. Veränderungen sind gar nicht so schlimm. Und die Entscheidungen, die wir treffen, beeinflussen nicht nur unsere Leben, sondern auch die Menschen, die uns umgeben. Ich habe versucht, mich in diesem Buch so kurz und knapp wie möglich auszudrücken, damit ihr mich versteht. Da es wenige Seiten sind, hoffe ich sehr, dass es auch die Menschen lesen, die keine dicken Bücher lesen.

Ich will mit meinen Worten an euren menschlichen Verstand appellieren und euch Einsicht in meine Welt gewähren. Ich will eure Herzen besänftigen, eurem Frust einen anderen Grund und eine Lösung geben. Ich will eure falschen Ansichten und falschen Vorbilder aus dem Weg räumen. Wenn ich durch Nenes Sicht auf das Leben auch nur eine gute Seele ändern kann, dann habe ich es geschafft.

Du bist der, der verstanden hat, was Glück ist, und bist bereit, an dir zu arbeiten. Das ist es, was zählt. Wenn du dich dazu bringen kannst, wichtige Entscheidungen anders zu treffen. Denn nur, wer uneigennützig durch das Leben geht, wird das Leben bekommen, von dem er träumt.

## Zum Andenken

Zum Andenken an Nene und ihre moralische Vorstellung von Leben:
  Ich bin frei und kann frei denken.

Ich liebe dich, Nene, und es tut mir sehr leid, dass ich nicht bei dir sein konnte, als du mich gebraucht hast. Danke für die letzten Worten, die du mir gegeben hast. Sie haben mich wachgerüttelt, und das war nötig. Du warst super. Auch in Situationen, in denen du im Mittelpunkt hättest stehen sollen, hast du die anderen getröstet, die Hinterbliebenen ...

Ich habe keinen stressigen Job mehr, der mich beeinflusst. Ich bin jetzt Selbstversorgerin, habe eigene Hühner, Puten, eigenes Gemüse und Obst. Eigene Säfte und Marmeladen, geräuchertes Fleisch, Fisch, Wurst. Ich habe kein Auto, denn ich brauche es wirklich nicht, ich teile es mit der Familie. Ich habe dir so viel zu erzählen – aber du bist nicht mehr da.

  Ich hoffe für dich, das es das »Dschennet«, das Paradies gibt (denn da gehörst du hin). Dass du dein Kind von oben siehst und stolz auf meine Taten bist. Denn du bist die, die mich zu dem Menschen gemacht hat, der ich jetzt bin – durch deine Liebe und Erziehung, durch die Geborgenheit, die du mir vermittelt hast.

*Mit einer Motorsäge ebenso umgehen wie mit einem Bleistift oder mit einem Hammer; kochen, backen, braten, organisieren, managen, Zäune renovieren, schreiben, lesen, diskutieren, tanzen, Schach spielen, ein Auto reparieren, mauern, Gärtner und vieles mehr – es ist alles ein und dasselbe Leben.

  Wie du es immer gesagt hast: »Du kannst alles werden, was du willst, wenn du nur glücklich bist dabei.«

Ich verstehe es erst jetzt, denn jetzt bin ich erwachsen.

Volim te, ich liebe dich, amo te, ti amo, I love you, ljubim te ...
Das wollte ich dir nur noch sagen, in allen Sprachen, die ich
kenne.

# Danksagung

Ich danke meiner Familie, die immer hinter mir steht, die mir Kraft gibt und mich bedienungslos liebt. Danke für eure Fürsorge und die Unterstützung beim Schreiben. Danke an euch alle. Danke auch allen meinen Bekannten und Freunden, die mir beim Deutschschreiben geholfen haben. Ich liebe euch alle.